LA CUENTA DE LA VIEJA

ExLibric

HAFSA ARRABAL

LA CUENTA DE LA VIEJA

EXLIBRIC

ANTEQUERA 2026

LA CUENTA DE LA VIEJA
© Hafsa Arrabal
Diseño de portada: Dpto. de Diseño Gráfico Exlibric

Iª edición

© ExLibric, 2026.

Editado por: ExLibric
c/ Cueva de Viera, 2, Local 3
Centro Negocios CADI
29200 Antequera (Málaga)
Teléfono: 952 70 60 04
Fax: 952 84 55 03
Correo electrónico: exlibric@exlibric.com
Internet: www.exlibric.com

ISBN: 979-13-88255-19-9
Depósito Legal: MA 454-2026

Impresión: PODiPrint
Impreso en Andalucía – España

Nota de la editorial: ExLibric pertenece a Innovación y Cualificación S. L.

HAFSA ARRABAL

LA CUENTA DE LA VIEJA

A mi prima M. A. por la rebeldía.
A mi prima I. por la ternura.

Al-muqaddima: del resurgir
del islam en al-Ándalus

Salí del pueblo con él a las espaldas.
Hay quien se lo lleva dentro, yo no.
Yo acuestas con su peso muerto.

Los hoteles, Ibiza, India, Londres, Suiza. Las fronteras de la cárcel franquista se abrieron en los setenta, o quizás una mijilla antes, pero quienes salían eran aún prisioneros del régimen del hambre. Con el maquillaje democrático del aperturismo, los pueblos se vaciaron de quienes salieron con él a cuestas y se cuajaron de quienes se lo llevaron dentro.

Hubo quienes se quedaron por ahí y hubo quienes volvieron. Volvieron de todos los lugares de la tierra que alcanzaron, y trajeron a su casa lo que encontraron en el ancho mundo.

Asín fue como germinó el islam en la tierra del al-Ándalus. Aunque hay quien dice que no se fue nunca, que se quedó como fósil en los corazones de los moriscos bautizados en nombre de la corona, y fueron sus nietos quienes lo reconocieron en las calles de Britania cuando los *renegríos* migrantes pakistaníes, antiguos súbditos de la reina, se amagaban a besar la tierra sin ningún dios herido delante.

Luego, con el reconocimiento y relectura romántica de las historias, todos los moriscos que se volvieron al islam buscaron en las tierras de Rumakiya, de Boabdil, un lugar donde ser libres política y espiritualmente. Llegó la población mora nueva de morisca vieja a pueblos andaluces donde no llegaban las carreteras del gobierno, donde se perdían los viajeros guiris, donde *tavía* se criaban los marranos que espesaban el caldo de la olla y los hombres esperaban en la plaza la señal del manijero *pa* ganar el jornal ese día. Pueblos de viejas *enlutás*, viejos *tullíos* y *overbooking* en las cunetas.

Eran de Madrid, de Toledo, de Vitoria. Compraban casas y fincas *pa* labrar la tierra, se juntaban los viernes, hacían mezquitas (asociaciones culturales) y no pisaban el bar. Los vecinos los miraban. Los miraban con descaro, desconfianza y algo de envidia por haber *perdío* ese miedo a señalarse. Quienes llegaron sabían leer en cristiano y aprendieron a hacerlo en moro.

Hubo quien a estos nuevos moros los llamaba locos, consecuencia natural del frenesí de la *libertá* recién *inaugurá*; hubo otros vecinos que se arrimaron a ver lo que los moros de cristianos nuevos tenían *pa* decir. Nacieron generaciones que se llamaban Zainab Fernández Martín, Abdullah Flores Sánchez, Omar Palomino Navarro. Y otras que, como el morisco de Ricote, en la calle (en la documentación) se nombraban Carmen y en la casa Karima. Con el fin de evitar sospechas, ¡no fuera a ser que Franco levantara la cabeza! Bueno, que la *verdá* sea dicha: *pa* menguar las irritaciones de las *agüelas* que veían a sus nietas como bultos con ojos por crecer sin cristianar.

¿Cuántos años hace de eso? Lo menos cuatro generaciones y, aún hoy día, la población musulmana de Andalucía y España es *interrogá* sobre la *legitimidá* de su condición ciudadana del Reino Borbón. «¿Te llamas Zahra de *verdá*? ¿Tus padres son de Musulmania? Eres mora pero española. El islam en España es diferente. Esto no es Marruecos. En Musulmania es diferente. Aquí hay libertad. ¿Por qué no escribes libros de cuando vivías en Musulmania?».

Porque la historia de Andalucía está aún por contar, y primero es Dios y después los santos.

I

Entre el pueblo y la *ciudá*

Se dice que en los pueblos estamos *tó* el mundo pendientes de *tó* el mundo, que estamos *to* el día chismorreando como una maruja de pueblo. ¡Cómo no iba a ser UNA!

El ser humano es una criatura social que necesita de una tribu en la que ser y estar *pa* que tenga lugar la simbiosis. Necesitamos un grupo al que pertenecer y otra gente con la que compararnos, *sobretó* en momentos de dudas y quebrantos, porque ya se sabe el consuelo que supone el mal de otras.

Además, se dice que se chismorrea tanto porque nunca pasa *ná* y que cualquier evento, por chico que sea, se convierte en acontecimiento. Pero las cosas no son *asín*; en el pueblo, como en cualquier grupo social, pasan muchas, muchas, y si parece que no pasa *ná* es porque sabemos *mu* bien guardar los secretos.

Estamos *entrenás ende* chiquitillas a callar y no señalarnos, y hasta cuando decimos que «nos da igual que se sepa», sabemos muy bien hasta *onde* se tiene que saber. Y esta es la doma con la que se nos ha librado de fusilamientos, y con la que se han silenciado los abusos en la casa y en la era.

Claro que hay veces que los secretos se los cuenta tu amiga a su novio, mientras le da el parte diario de explicaciones, y al final son los hombres quienes acaban propagando el secretico o jugando con él a su favor *pa* venir a decirte que tu amiga le ha dicho esto y lo otro. Que tampoco es culpa de tu amiga, porque sabemos que ella lo hace *pa* que el otro no se enfade, *pa* que su maromo no tenga motivos *pa* pensar que ha *estao* ella *onde* no debe. Llega la moza a la cita con el *habibi* y le dice: «He *estao* a ca fulanica, que le ha pasado esto y lo otro, pero no digas *ná*, que es secreto. Por eso he tardado tanto». O «por eso no me he depilado», o «de ahí que no *haiga respondío* al teléfono».

En el pueblo se comentan los asuntos ajenos; los propios los comenta el resto del vecindario. Antes de irme más por las ramas, quiero decir que yo en el pueblo me puedo saber la vida, la obra y la historia familiar de *tó* dios, pero no puedo espiar al vecindario. Una cosa es mirar detrás de la cortina *pa* ver quién es, y otra es espiar.

Espiar, espío en la *ciudá*. Me siento en cualquier lado y escucho las conversaciones y las vidas ajenas, con sus acentos y sus dejes. Hasta a ver si acierto de qué va la cosa o cuál es el parentesco de quienes *diquelo*. Fíjate en esas: tienen una *edá parecía* e *indefinía*. Entre veintinueve y cincuenta. Una le dice a la otra:

—Di la *verdá*, de tus amigas te has apartado tú sola. Muy bien. Que nos hemos echado novio, que le dedicamos más tiempo y todo lo que tú quieras, pero la que se ha alejado has sido tú. Siempre eres tú la que te vas para quedarte en lugares más inhóspitos, *onde* tu presencia se aprecia bien poco, por no decir que se desprecia.

—Ya lo sé —le responde la otra, con la *mirá colgá* en algún punto del infinito.

Asiente. No la contradice. Le da razón con esa mansedumbre de quien no está diciendo lo que piensa. Yo, *sentá* al otro lado del sofalillo del café estilo americano, hago por imaginarme esas situaciones en las que ella se queda, pero *sobretó* imagino lo sola que se habrá *sentío* mientras que sus amigas le dedicaban tiempo a los novios. Sí, la señora de pelo largo y *mirá* estrábica asegura que es su amiga la que se ha alejado. Reconoce parte de la *responsabilidá*, haber *dao* preferencia a su novio, a cambio de que su amiga asuma toda la culpa del distanciamiento de la relación. Más tarde, cuando la amiga que asiente alegue que se sentía sola y desplazada, su amiga de gafas le reprochará no haberlo dicho. ¡Como si fuera tan fácil competir con un hombre! ¡Con una relación monógama! ¿Sabe la reprochadora lo que está diciendo? ¡Que compita por su atención y su tiempo con el novio! Ni más ni menos. ¿A quién crees que *fuera elegío* doña reproche? En una *sociedá onde tó* se concibe, se permite, se relata, se diseña y se piensa en torno a la relación de pareja, es normal pensar que la pareja, y más siendo hombre, exija atención y tiempo a la novia. Esa misma exigencia, si la hace una amiga a otra, parecería rara y sospechosa.

Ahora somos muy guay y patatín, patatán. Además, teóricamente, *tó* es discutible y negociable. En la práctica no es *asín*. Mira, *pa* muestra un botón: pregúntale a tu madre, dile a tu vecina: «Pues no que *me se* está poniendo la fulanica *pesá* porque dice que le dedico más tiempo a mi novio que a ella». Averíguatelas *pa* sacar el debate. Procura que no se hable *ende* la teoría, sino *ende* las entrañas. Saca el tema fuera de espacios de militancia; véase la casa, el café, la pijamada, la oficina. Espacios que no sean de militancia colectiva, es lo que quiero decir.

¿Por dónde íbamos? ¡Ah! Que la amiga se ha alejado sola y porque ha *querío*. La alejona no parece haberse retirado *pa* ir a un lugar mejor. Más que pinta de sujeto que se aleja, tiene pinta de objeto abandonado. Pero, en fin, suele alejarse. Sacar a relucir que la amiga *abandoná* suele aislarse es librar de culpa al novio nuevo, a la relación, al heteropatriarcado y a la monogamia. Que sí. Que si estaba mal podía haber *pedío* ayuda, lo que no garantiza que la amiga hubiera *acudío* a ayudarla. La cosa tiene pinta de que la amiga se hubiera presentado allí con el nuevo novio, porque es muy apañado y ¡hasta feminista! Además, ella, a él, se lo cuenta *tó*. Porque antes que novios, son amigos. Amig0s, con «o» masculino de *onvre*.

De chica le tiraba a matar al pueblo, lo vivía como un lugar inhóspito, carcelario y doloroso, porque lo era; pero, inocente de mí, creía que la *ciudé* era diferente. ¡Qué ingenua! *Ende* rapagona me di cuenta de que las mozuelas, cuando se echaban novio, se alejaban de sus amigas. Guapas, *peinás*, *vestías*. Se iban cerca de su novio a los lugares de encuentro de la *juventú* y se *queaban* a su vera como un complemento. *Sentás* en su moto, de pie a su lado o sobre sus rodillas. Su agenda pasaba a adaptarse a la agenda de su novio. Cuando yo me di cuenta de esto, trasladé mi descubrimiento a todas las personas de mi mundo: mi madre, mis amigas, mis primas, mis tías... y recibí de cada una de ellas un silencio que me desconcertó. Nombré al elefante rosa de la habitación. Yo estaba firmemente *convencía* de que esto pasaba porque estábamos en un pueblo y ahí la *mentalidá* era muy machista y, por supuesto, más machista que en la *ciudá* o las capitales de países. Como nos decían las maestras de la escuela.

Era cierto, éramos machistas, pero no éramos machistas porque éramos de pueblo. Éramos machistas porque nuestra *sociedá* (mundial) era (y es) machista. A día de hoy, las mismas ruinas machistas con las que me crié en el pueblo las he visto, *vivío* y presenciado en el entorno urbano, tanto de provincias como de capital. Eso sí, con estéticas *muncho* más guais, pelos más rosas, más *piercing* y otra jerga. Desligar el machismo de mi pueblo del machismo mundial sería una tontería y una locura epistémica. ¿A que sí? Esto lo sé ahora, pero crecí creyendo que las cosas pasaban en el pueblo por ser pueblo.

Un día estábamos en un *undergraun* centro social autogestionado y vino una vecina a echar el rato con nosotras. La mujer debía estar más sola que la una. Llegó con sus tres hijos. La mayor, de menos de ocho años; el del medio; y otro chiquitillo, que tendría dos añillos como *muncho*. Mientras que la mujer se entregaba a la conversación con quienes gestionábamos aquello, su hijo del medio jugaba despreocupado, valiente y ganador. El chavea se iniciaba en esa valentía arrolladora propia del orden patriarcal, y la niña, la grande, conjugaba el *cuidao* de su hermano (*preocupá*, taciturna y *perdeora*) con los reproches y las amenazas de su madre, quien le dejó claro que no le perdonaría si le pasaba algo a su hermano. Me las arreglé *pa* señalar que la grande, además de grande, también era una niña. La madre, altiva y segura, me dijo que la cultura marroquí era *asín*.

Claro, la cultura marroquí y la cultura andaluza son machistas ¿y qué? Habrá que reconvertirla, ¿o qué? No. Es marroquí. Es machista y, si fuera menos machista, sería menos marroquí. No me lo dijo *asín*, pero fue lo que me dio a entender. Luego quiso crear sinergias en nombre del islam. Es decir, justificar el machismo con la religión islámica. Le paré los pies. Yo venía de un entorno mixto en el credo y homogéneo en el machismo. Hubo quien me dijo que había que respetar la cultura. No respeto el patriarcado se ponga el *vestío* que se ponga. Es pueblerina, es machista y, si fuera menos machista, sería menos pueblerina y más urbana. Ahora cambia pueblerina por musulmana y urbana por occidental. ¿Se entiende el símil?

¿Qué consecuencias tiene esta falacia epistémica? Pues que creamos que cuando abandonamos y combatimos al patriarcado nos estamos rebelando contra nuestra *identidá* rural, marroquí, musulmana, gitana, etc. «Nosotras en la cultura paya es que damos mucha importancia a nuestros hombres. Porque en nuestra religión católica, Dios creó al hombre a su imagen y semejanza y a nosotras como complemento. Por eso, nuestro novio es más importante que nuestras amigas». ¿Te imaginas? *Güeno*, pues ahora cambia paya por mora y católica por islámica y parece una *verdá* infalible.

Se tenía que decir y se dijo.

II

¿Qué le digo yo a mi niña cuando me pregunte qué somos?

Cuando yo crecí, de aquel islam *resurgío* y esperanzador quedaba poco en el pueblo. Los nombres, el *iftar* en Ramadán en el ámbito privado y las tapas sin marrano *reservás* en el expositor del bar. Ya no había quien acudiera a la mezquita porque los vástagos de aquellas familias vueltas al islam no querían *quearse* en el pueblo, y quienes se quedaron no querían señalarse.

Si *pa* la primera generación de moros nuevos el islam fue emancipador y un alarde de *libertá* y rebeldía, *pa* la segunda constituyó una lacra identitaria que dificultaba su autopercepción y la exponía a insultos, prejuicios y asociaciones que les herían. ¿Quién quería ser como el señor bigotudo que viene vendiendo alfombras de puerta en puerta? ¿Quién quería ser como Bin Laden?

Aquellas familias que llegaron convertidas al islam abandonaron los pueblos y se fueron a otros sitios más idílicos *onde* los guiris montaron cofradías, *tariqas* y colonias islámicas con financiación extranjera. Y los conversos que se quedaron sucumbieron a la inercia social de la rutina proletaria, con aspiraciones a la clase media que los alejaron de *tó* lo que no fuera producir bienes comerciables y consumir lo que otras *lumpen* producían. ¿Qué más da en nombre del dios que sea?

III

Entre la *ciudá* y el pueblo

Una *ciudá* la definen sus mezquitas y los clubes de intercambio de parejas.

Las leyes de los hombres aseguran que, si eres mujer, no es menester que vayas a la mezquita: te recomiendan que te quedes en casa. La misma lógica androcéntrica, en el *sentío* más hetero del término, en los clubes *swinger* propone que, si eres mujer, no es menester ni que tengas pareja *pa* entrar. Paradójicamente, si eres mujer puedes venir sola, a un módico precio, al club de intercambio de parejas.

Suelo salir con una sensación agridulce de los templos. Cumplo en los dos sitios. Hago la *azalá* en la mezquita y tengo orgasmos en el club, pero ninguna liturgia me deja ni el espíritu ni el cuerpo como yo deseo, espero o merezco.

La *azalá* de los viernes es al mediodía. La última mezquita a la que fui, en esta *ciudá onde* vengo a quedarme, me sorprendió *pa* bien. Normalmente, la zona *reservá pa* las mujeres en las mezquitas de Occidente es una zona inaccesible *pa* las sillas de ruedas, carritos portabebés o personas con *movilidá reducía*. Suelen ser gallineros sin ventana al exterior *onde* asisten pocas mujeres y, en su mayoría, ancianas que hacen virguerías *pa* subir tanto tranco.

La sala de esta mezquita no tiene ni un escalón. *Pa* mi sorpresa, es perfectamente accesible, *iluminá* con la luz del sol y con aseo propio bien habilitado *onde* lavarse los pies. Se oía a las mujeres recitar Corán guiadas por una doña que corregía la pronunciación de las otras damas, como si su voz no fuera motivo de discordia según las modernas ideologías wahabíes. Tal vez era este el templo que llevaba buscando *ende* que bajé de la sierra.

Al entrar, todas las *mirás* se clavaron en mí, tanto en la mezquita al mediodía como en el club por la noche. Era carne fresca *pa* todas las presentes, cada cual en su *sentío*.

«¿Andaluza? Española». Sentí el alivio colectivo de las mujeres que me rodeaban. Ahora yo les encajaba. Mi autonomía, mi destreza, mi *libertá*, el hecho de que hubiera llegado sola, que no estuviera casada siendo tan guapa… y todas esas virtudes tan propias, según la *mentalidá* racista, de las mujeres de Occidente. ¡Si ellas supieran! También encajaba con mi *nacionalidá* el hecho de que llevaba el pañuelo de forma demasiado laxa; se entreveía entre mis mechones de pelo mi buena intención, pero mi manifiesta ignorancia. Era española, por lo que había que enseñarme el islam.

Si bien es cierto que las musulmanas de Occidente a menudo tachan de todos los males del islam a la cultura de los pueblos árabes, estos no se quedan atrás en cuanto a supremacía y, de forma más o menos recatada, no pueden evitar sentirse una mijita más legítimos musulmanes que el resto, sentir condescendencia por las primas negras y algo de *caridá* misionera hacia los «nuevos hermanos» que son la gente de Europa. Aunque *haiga* más de tres y cuatro generaciones nativas europeas y musulmanas de nacimiento. Quienes saben de lo que hablo, saben de lo que hablo.

Como sabemos que decirlo en público solo servirá *pa* fomentar el racismo antiárabe, antimoro, tan popular en Andalucía y España, vamos a dejarlo estar.

—¿Eres musulmana?

—No, estoy aquí *pa* hacer turismo.

La chica no entendió la ironía. Volvió a hacerme la misma pregunta varias veces y, puesto que a mí me incomodaba y me parecía fuera de tono y lugar, decidí yo también incomodarla con mis respuestas. Hasta que, tajantemente, fue al grano. Si era musulmana o no pasó a ser secundario; lo importante era que yo no podía llevar el pañuelo en la mezquita de la forma en que lo llevaba. Le dije que no se preocupara: a la hora de la *azalá* yo me lo ajustaría a la barba (como lo he llevado tantísimos años antes de que ella supiera recitar ni una azora del Corán y como lo llevo fuera de la mezquita).

Cuando fui a levantarme *pa* unirme a la fila, una señora me tiró del brazo. Otra diferente. Asegura que no puedo azalear con el pañuelo como lo llevo. La tranquilizo también a ella. Me entretengo hasta el primer *Allahu akbar* y hago mi *salat* como me da la gana, porque quien calla y obedece hace lo que le parece. Antes de salir, la misma señora de antes, *indigná*, dice, ya en español (porque igual resulta que soy española de *verdá* y por eso he errado), que no me he puesto el pañuelo como debía.

—Te he avisado, me has dicho que sí. Pero me han dicho que te han visto que no te has cambiado el pañuelo para ponerlo de forma correcta.

La miro en silencio. En el fondo ella sabe que no es *naiden* y mi silencio la pone en evidencia. «Te lo digo de buenas», añade. Le agradezco de *tó* corazón con la sonrisa puesta y me aligero *pa* salir.

Lo sé, yo sé que mis hermanas en el islam solo querían salvarme. La señora *guiri* borracha que me arruinó la noche en el club también quería salvarme. Bueno, ni que decir hay que el pañuelo que en la mezquita era insuficiente, en el club resultaba excesivo. Las dos caras de la misma moneda.

Las mujeres que me increpan por mi ropa, sea en el club o en la mezquita, tienen *muncho* en común. Sienten una presión estética y no llegan a estar cómodas en sus atuendos. A pesar de la firme idea de que su ropa y su estilo las hace mejores que las mujeres que no se visten como ellas, se nota que están a disgusto. Lo veo porque constantemente se están retocando el tocado o el escote, las medias o la camisa. Unas *pa* esconder el pelo, otras *pa* mantenerlo perfecto hasta en sudorosas situaciones de orgasmo.

—Estoy esperando a alguien. Te dejaré mirar. Ten paciencia —me excuso *pa* no entrar a las orgías a las que me invitan con las manos.

Las mujeres me invaden como Ramón García a las azafatas del *Grand Prix*. Soy educada, declino ofertas, me dejo la sonrisa puesta. El profeta Muhammad aconsejaba a su pueblo, hombres y mujeres, sonreír. Creía en el poder transformador de la sonrisa e incitaba a darla como ofrenda, dádiva y limosna. La sonrisa. Fíjate tú.

Mi presencia ha *incomodao* a las mujeres de los dos bandos. El pañuelo sobre mi cabeza ha desafiado sus patrones estéticos y esto en el universo femenino es demasiado; a mi parecer, las posturas corporales que se leen como «estar sexi» o «tener una actitud recatada» son dos extremos de la misma cadena, porque implica desnaturalizar la propia vida, la *comodidá,* el ir y venir del cuerpo y su deseo de ocupar espacio. ¡Qué *casualidá* que tanto una pose como la otra (recato o sexi) conlleve ocupar poco espacio! Tómate tu tiempo *pa* pensarlo, Roma no se hizo en un día.

Abrir las piernas *pa* exponer el chocho es más sexi y erótico y guarro si se recogen *parriba* y se pegan, en la medida de lo posible, las rodillas a los hombros. Sobre el recato y el recogimiento creo que hay más cosas dichas como *pa* que yo me enrede aquí.

Las mujeres que han reprochado mi presencia en sus lugares de culto, tanto de la mezquita como del club, tienen *muncho* en común entre sí, *muncho* más de lo que creen. Ellas han *elegío* la presión estética que las hace estar eternamente incómodas en sus cuerpos. Ahora quiero referir que su condición es la de complemento al papel protagonista de los hombres.

La *musal·la*, la sala dedicada a la *azalá*, estaba a rebosar de risas, saludos, piropos entre amigas, recitaciones de Corán y nanas. Hasta que un hombre, necesitado de los servicios de *cuidaos* de su esposa, abrió la puerta y *tó* se vino abajo. Como cuando, estando en el reservado del club, algún mirón se asoma y mis colegas de juego comienzan a sobreactuar. En un entorno se callan y en el otro gimen. No somos dueñas, en tanto que mujeres, de nuestra reacción, sino que esta depende de la presencia o la ausencia de un hombre, a quien reconocemos como centro de la creación, hecho a imagen y semejanza de Dios.

Antes de hacer la *azalá* conjunta, el señor encargado de la mezquita, que normalmente tiene estudios patriarcales de islam, da un sermón, una *jutba*. Hablamos luego de ese tema, de cómo el Estado promociona los discursos más machistas. Está de moda en la *jutba* usar un efecto de eco *pa* dar magnificencia a la prédica, como el *autotune* en el *trap pa* darle *swag* al tema. *Asín* de loco y similar todo.

Tras la *jutba*, una señora se ha levantado *pa* decirnos que durante el sermón no se puede escuchar ni una mosca. Ha regañado a las mujeres por acallar a sus niños, por saludar al entrar, por hacerse recaditos bajitos. La mujer, fiel y devota musulmana, ha sacado a relucir dichos y recomendaciones del profeta Muhammad *pa* condenar a las mujeres que no escuchen, en silencio sepulcral, la prédica del cura moro.

Por la noche, en el club, otra señora tuvo a bien decirme, mientras despachaba amablemente (siempre) a varios chavales, que si no iba a hacer *ná ¿pa* qué iba? Por «*ná*» quería decir *ná* que no complaciera a los hombres o los hiciera partícipes y centro de mi placer.

Es curioso que la señora nos mande callar *pa* que el cura hable, ya que eso contradice la esencia propia del objetivo de la *jutba*. Me explico. La palabra *jutba* comparte lexema con dos palabras de uso común a todas las variantes árabes contemporáneas: compromiso prematrimonial, *jutuba*, e interlocutor, *mujatib*. En ambos casos, la raíz ja-ta-ba refiere a una situación que implica dos partes. Sin embargo, en el contexto religioso se interpreta como «sermón que dice un hombre mientras el resto se calla», echando por alto la *reciprocidá*. ¡Qué lástima lo que están haciendo con el sabio y revolucionario mensaje de Mahoma! ¡Mal fin tenga la malversación de su ejemplo! *¡Dios mía* nos dé discernimiento *pa* distinguir el legado del profeta de los intereses del poder eclesiástico! *¡Dios mía* nos libre del clero y de la religión!

Por si no ha *quedao* claro, doy unas pinceladas de islaMiranda. Cuando nació la primera *sociedá* islámica, digo *sociedá* y no ESTADO, la gente se reunía los viernes[1] y antes de hacer el azalá del mediodía, la del *dohr*, tenían un ratico de conversación

---

1 *Viernes* en árabe se dice *yamaa,* que es «juntarse».

sobre los asuntos que interesaban a la *comunidá*. Tenían derecho a intervenir hombres y mujeres por igual. Hay anécdotas en las que las criaturas jugaban por allí, incluso en la espalda del propio Muhammad, elemento aglutinador de la *comunidá* primigenia.

Si el profeta del islam hubiera dado una charla sobre la que aprender, ese discurso en árabe se llamaría *dars*, de lección; pero como implicaba una conversación entre todos los miembros que acudían, se llama *jutba*. Hoy día suele ser un *dars* estéril de rebeldía y justicia social.

Contra todo pronóstico, al final del sermón, el señor sermonero ha suplicado a Dios por la paz de Palestina y de Gaza. Un soplo de aire fresco para mí después del episodio del pañuelo. Mientras escuchaba referir el nombre de Palestina, he empezado a sospechar que es Argelia quien financia esta mezquita y no Arabia Saudí o Marruecos. Quien la lleva la entiende.

Otro desvarío islámico y occidental contemporáneo es la importancia desproporcionada que se da al atuendo femenino en general y al pañuelo en particular, sobre *tó* en los microcosmos occidentales de origen magrebí. Parece que en el autoproclamado Occidente se hacen *realidá* todos los sueños. Y el sueño occidental de que el pañuelo sea lo más importante, aquí se cumple.

No crean ni siquiera que las señoras que acudimos a las mezquitas los viernes somos especialmente religiosas, ni que las cristianas que van, religiosamente, a misa los domingos escuchan el sermón del padre. Es una inercia social, una costumbre, una excusa para relacionarnos. Me pregunto si volveré a ir a ninguno de los dos sitios o si tendré que renunciar. Tengo más opciones *pa* pagar por sexo, pero *pa* azalear en *comunidá* en la *ciudá* solo me ofrece la mezquita de la periferia.

Las mezquitas están en las periferias, *onde* el servicio de limpieza municipal tiene una rutina más laxa. Los templos del islam se ubican allí *onde* no estorban. No estorban a la élite católica que puebla el centro, ni al turismo que lo visita y espera encontrar una *ciudá* cristiana. Una *laicidá* cristiana. Un país europeo.

En esta *ciudá* hay varios clubes de intercambio de parejas. La mayoría están en el centro. Se permite la entrada de mujeres solas y el precio incluye varias bebidas. Los hombres solos tienen que pedir cita previa. El precio de su entrada es cuatro veces el de las mujeres y les incluye un tercio de las consumiciones que se ofrecen a las mujeres. Es el top de la *igualdá* occidental.

Aunque odio a las personas guiris que abarrotan estos lugares, reconozco que tenemos algo en común: estamos de turismo sexual. Jamás me enamoraré de sus cuerpos, por eso puedo recorrerlos sin miedo, también sin asco, porque yo no soy racista de guiris.

Pagar legitima mi presencia, mi deseo de explorarme en cada provocación, en el entusiasmo ante la perspectiva del éxtasis, sin compromiso de hacerlo y con la *seguridá* de que, si corto el rollo, el rollo se corta; porque ninguno de los hombres que hay allí quiere que el segurata intervenga y les vete la *entrá*. Son más respetuosos aquí que en la feria de Málaga, *onde* intentan meterte mano hasta los porteros de las casetas. Con *tó* y con eso, siempre al salir tengo miedo de que alguno de los que no he dejado que me tocara me persiga por las calles. En esta *ciudá,* mi club favorito es uno que abre a las 17:00. Cuando me voy de allí, *tavía* es una hora legítima *pa* que una mujer como yo ande sola por las calles. ¡Qué locura!, ¿*verdá*?

Sin embargo, si al salir de allí algún hijo sano del patriarcado me persiguiera y nos enzarzáramos en una pelea y fuéramos a juicio, su simple testimonio sobre el lugar en el que nos conocimos serviría *pa* desacreditar mi derecho a la defensa. Por eso, a veces, mientras estoy sentada en el sillón de poliéster bajo las luces rojas mirando la fauna del local, fantaseo con matarlos a *tos*. Asesinato colectivo al estilo en el que el Partido Popular suicidó a Rita Barberá. Cicuta en las bebidas que ellos mismos pagan como garantía de su derecho a insistir e imponer su deseo. ¿Habíais imaginado algo más Judit y Holofernes? Si no lo habéis hecho es porque nunca habéis sacrificado ningún mamífero *pa* las fiestas religiosas. ¡Qué dentera, loka! Hundir el cuchillo en la carne atravesando el cuero.

No es solo cuestión de sentirme a salvo por lo que frecuento locales de intercambio de parejas. No acabo de ver el trabajo sexual como una aspiración, una meta, ni siquiera un medio de financiación de los sueños. *Asín* que pagar a una mujer *pa* sexo me hace sentir como cuando consumo productos que financian el genocidio en Palestina. Es raro, lo sé. Más raro debería ser consumir cuerpos sin remordimiento. Sin plantearse ni siquiera si quieren estar aquí o vienen *pa* demostrarle al novio el amor que le profesan y lo modernas que son.

Ligar con mujeres es algo que, a estas alturas del cuento, de lo que estoy contando, no acabo de tener resuelto. Nos pasa a muchas personas. A muchas mujeres que estamos con la puerta del armario entreabierta. ¿Qué hacemos *pa* ligar con ellas? ¿Lo mismo que con los hombres? Imposible. Con los hombres siempre hay algo de miedo, recelo y asco. Una mijilla de ganas de venganza. Una alerta porque, si el gachó se afana, puede hundirte. Una tendencia aprendida de complacer.

Después de *tó* lo que *mis sacáis* han visto y han llorado. Después de ver tantas madres dejando a sus hijas solas, de tantas mujeres que han priorizado la paz en la familia al acompañamiento de sus criaturas hembras. Después de tanto y tanto. Y tantas de las que no habrá después (la tierra les sea leve), me da igual, me suda el coño el deseo masculino (me estoy quitando, por lo menos). Pero con las mujeres, tal vez porque soy hembrista (*XD*), tengo reparo. Con las guiris también. Porque las guiris son personas. ¿Son mujeres antes que guiris? Depende del contexto. Evitemos la falacia de jerarquización de los componentes identitarios. Sigamos por *onde* íbamos.

Me pregunto si las mujeres habrán comentado en sus casas mi profana presencia en sus lugares sagrados. Me pregunto por qué me importa tanto. Por qué escribo sobre ello hoy frente al Mediterráneo. Tenía dos opciones: adaptar mi atuendo o no hacerlo. Ir o quedarme. Elegí el combinado más complejo. Supongo que lo hice en honor a la adolescente que fui y que tampoco encajaba en ninguno de los mundos que se le presentaban.

IV

Entre la adicción y el amor

Cuando un papá y una mamá se quieren *muncho, muncho, muncho*. Se abrazan *mu, mu* fuerte, el papá pone una semillita dentro de la mamá y de ahí nace un bebé.

La acción del hombre, la *pasividá* de la mujer y el amor. ¿Qué podría salir mal?

«Aporreó la puerta del cuarto de baño que su novio había cerrado tras de sí, persiguiéndome. El novio no sabía si abrir o atrincherarse. Yo me sentí *afortuná*. Al entrar alguien más al baño, los planes del hombre cambiarían. La joven novia no mediría más de metro sesenta. Al abrir la puerta me gritó que era lo peor y más bajo que puede ser una mujer en una *sociedá* como la nuestra. Me advirtió, triunfante, que por *muncho* que yo fuera, él no me quería. La quería a ella. Ella era su mujer y la madre de sus hijos. Yo era un pasatiempo. Una fulana. La mujer de nadie».

«Él me dijo que me quería tanto que quería que fuera la madre de sus hijos. Me mostré contenta, halagada, elegida. ¿Qué más puede pedir una mujer que ser elegida por un hombre? ¿¡Qué más puede pedir una que ser la tierra fértil *onde* ÉL ponga su semilla!? La única gordura que no molesta es la del embarazo. (A condición de que tras el parto recuperes la figura de los diecisiete años)».

«Si seguíamos así, seguramente acabaría quedándome embarazada. Se lo dije y me dijo que él estaba dispuesto a todo conmigo. Me quería. Prueba superada».

«Destrozó la vitrina del salón a puñetazos delante de las niñas. Salió de la casa hecho un energúmeno porque lo tenía amargado. Esa noche se gastó los *jaliyeles* de la cuenta conjunta de la que se pagaban el alquiler, la comida, las facturas. Él dice que por culpa de su primo el dinero cayó en las tragaperras. Ni lo sé ni me importa. A la tarde siguiente, cuando despertó, me comió a besos y me dijo que lo sentía. Lo sentía tan de veras que quería tener un hijo, otro, conmigo. ¿Cómo no iba a ser sincero?».

La primera vez que mi niña me preguntó que de *adónde* venían los niños, le dije que de *aonde* mismo que las niñas. ¿Y las niñas? Pues como otras muchas especies en la creación: un óvulo elige un espermatozoide, se fecunda y poco a poco se convierte en la criatura que sea.

Era la primera vez que me lo preguntaba, pero alguien debió de decirle ya algo antes, porque su cara reflejó *perplejidá*. En sus *entrañillas* se preguntaba por «el amor», el papá, la mamá y del relato del que seguro le habían hablado. No pareció quedar satisfecha con la respuesta, *asín* que le pregunté: «¿Quieres verlo?». Me dijo que sí con cara de expectación. Agarramos la bicicleta y fuimos al campo a buscar flores abiertas, silbando en su lenguaje de infraondas a los insectos que le traerían los espermato... ¡qué palabra más difícil! Polen era más fácil.

La trola epistemológica del papá, la mamá y el amor es una de las muchas en las que lo femenino se presenta como pasivo. *Aluego*, lo femenino pasa a ser «la mujer», y es *asín* como se justifica biológicamente que las mujeres callemos, esperemos, obedezcamos y sonriamos. Que se nos permita la depresión, la tristeza y el llanto, pero no la ira, el enfado, la acción. Claro, según esta leyenda impuesta, la mujer creadora, con iniciativa, deseo y tendencia a la experimentación será una fulana, una loca. Las que acaten el rol otorgado acaban malas de los nervios. En el campo, en la *ciudá,* en la mezquita, en el club *swinger.* En Oriente y Occidente.

V

Las niñas *güenas* no hacen *ruío*, aceleran en silencio

He llegado a la biblioteca en mi coche. He aparcado en la misma puerta. He *elegío* una plaza *onde* apenas había que maniobrar *pa* entrar. ¿Cuánto tiempo hace que me pongo objetivos fáciles? No hace *muncho*. ¿Cuánto es *muncho*? ¿Cuánto es poco? Sabes qué es lo mejor que nos ha *dao Dios mía* (aparte del clítoris): la *atemporalidá* del subconsciente. Aunque pases guardando una pena la *eternidá* entera, en el momento en que te *güerbas* a atenderla será como si la *fueras acompañao* cuando *mismitico* pasó. Por eso, la propia compaña consciente ayuda tanto, porque le da a una la *oportunidá* de darse a sí misma lo que siempre ha anhelado recibir.

La ordalía de ser invisible ante los únicos ojos que te importan se acaba cuando tú eres la dueña de los ojos. Ahora también te digo que cambio los *sacáis* de mis siete vidas por la *mirá* cómplice de mi madre y la de reconocimiento de mi padre (o su mera presencia).

Durante *muncho* tiempo he *conducío* insegura. ¿*Ende* el accidente? No. Después del accidente he *conducío*. Ahora, a son de yo no sé qué, me ha vuelto el canguelo y la reticencia. Yo no sé si fue mi culpa o no lo fue. *Ende* luego yo iba al volante y millones de veces deseé que pasara lo que ocurrió. Más bien, la mitad de lo que pasó.

Antes de que naciera la niña, me importaba más bien poco lo que hiciera la pareja. Veía cómo se afanaban en hacerse daño, en darse celos, en volver a empezar. Cómo se compinchaban en sus desfases, se destruían mutuamente, se envenenaban, se medían entre sí *pa* siempre quedar por debajo. Luego vino el embarazo. La alegría de mentira. La sospecha de una treta. La falsa abundancia. La niña tardó en salir, parto de burra, casi diez meses. ¿Quién iba a querer asomar a un mundo cuajado de angustia, insultos, sobresaltos y voces? Imaginaba al feto acurrucado en el líquido amniótico ajustando cuentas de otras vidas, regateando el castigo, jugándose la suerte con dios, arrepintiéndose de cada semilla que germinaba en este fruto que se resistía a morder. Nació dormida. No lloraba, no hacía *ruío*. Apretaba los párpados y era del color de la ciruela madura, y su mollera un albaricoque endulzándose en el árbol.

Entonces yo viajé a Perpiñán a simular que no tenía familia y que la que tenía no me dolía. A quitarme del medio. ¿Alguien creyó que una criatura más en el circo del fracaso iba a cambiar el sino de la patética obra? ¡Qué lástima de criaturas que nacen con el encargo de enmendar lo que no han *elegío*!

Aprendí a conducir allí, en Europa. Un par de veces a la semana bajaba a Andorra. Al principio de copiloto. Luego con la furgoneta de Furniture Carles. Pero mi *agüela* me llamaba echando por alto mi plan de autorrepudio, al tiempo que calmaba mi angustia. No *tó* era guerra, también había paz; luego juicios, reyertas ebrias, treguas lujuriosas, peleas de reproche, venganzas y otra vez a jugar a las muñecas. Hasta yo, que tanto sabía de tal historia, llegué a creer, en una de esas suspensiones temporales de la *hostilidá,* que algo podía ser diferente.

Pero la vieja, con su sabiduría añeja y su sinuosa estrategia de lo femenino patriarcal, siseaba el mal fario resultante de la fórmula experiencial. Ella había *aprendío* la lección. «Si uno no aprende de un error es porque uno es tonto», me dijo. Perdió a su hijo demasiado joven. Mi tío, bajo la supervisión de su madre, fue edificando su perdición, mientras ella, con su amor desbordante y abnegado, confiaba en que *tó* cambiaría y oraba al mismo dios que le había *mandao* ese castigo.

Mi *agüela* estaba reviviendo otra vez la historia de mi tío. Y mi madre la de su madre, porque nadie escarmienta por cabeza ajena, porque reconocemos a nuestras iguales, porque el dolor nos hermana al clan.

Volví unas pascuas. La niña era *tavía* chica, un hermanito más chico *tavía* y más de diez novias y novios de papá y mamá diferentes. Lloraba *desconsolá* y sus ojos caramelo se volvían rubíes escarpados. Aquella víspera de Nochebuena había que llevar a las criaturas con su madre. El padre llevaba sin aparecer por la casa tres días. Así que las llevaría yo. Por *casualidá* avariciosa, justo media hora antes de salir, asomó. Estaba preparado *pa* su actuación, pero era mejor que no condujera. Apestaba a *whisky,* traía las mejillas del color de la luz de las farolas. Lloraba delante de sus sarmientos; me dijo que por ellos daría la vida. Se le concedió el deseo. Se llevó al chico con él. Lo quería más que a su hermana. Los hombres no quieren hijas porque saben lo que otros hombres les hacen a las mujeres (porque se lo merecen).

VI

Ya que estamos

Las bibliotecas me fascinaron *ende* mi infancia. Había en la casa familiar en la que me crié un mueble de ladrillo barnizado, precioso, que costó un dineral y que a mi madre no le gustaba, pero no consintió que los albañiles lo tiraran porque ya estaba hecho.

El detalle no es baladí. Ocupa la parte del salón *onde* se vive (la otra es *pa* cristalerías, fotos y vitrinas). Mi mamá llegaría un día a la obra *onde* se levantaba su casa de casada y se encontraría con el armatoste que le habían encasquetado en el salón, pero como ya estaba hecho, no dispuso que los albañiles lo echaran abajo. No es que mi madre sea especialmente tímida, ni resalte por el callarse las cosas o tener vergüenza *pa* pedirlas, *to* lo contrario. El tema del mueble de obra del salón tiene que ver *muncho* con esa *mentalidá* femenina de aguantar.

Si lo llevamos al ámbito del roneo y del sexo, el equivalente sería: «ya que hemos llegado hasta aquí, ¿cómo no vamos a follar?».

Mi madre se tiraría toda su vida conviviendo, limpiando y viendo el mueble dichoso, que ocupa del suelo al techo. Ahora dice que le gusta, pero yo sé que la trae por la calle de la amargura porque no hace *na* más que referir el polvo que coge, la de ceniza que atrae, la de estorbos que almacena y lo que limita a la hora de elegir el tamaño de la tele. Hay muchas cosas preciosas en la casa en la que me crie que mi madre detesta y aborrece, pero por respeto solo puedo contarlas en literatura más *ficcioná* que esta.

En ese mueble estaba *insertá* la chimenea. En sus estantes irrompibles, en lugar de ajuares y fotos, se disponían diccionarios, enciclopedias, novelas y otros géneros. Nunca he visto a nadie de mis personas adultas de referencia leer. Mi madre, por ejemplo, tampoco leía las cartas importantes que llegaban del banco. Aquellos libros que habitaban el gran mueble del salón no creo que fueran seleccionados adrede, sino que fueron elecciones intuitivas que hizo mi madre de las ofrendas de la Caja Rural. Entre un sillón de masajes o una enciclopedia, la mujer —a la que nunca he visto leer— elegía la enciclopedia. Entre un juego de ollas y una colección de biografías de grandes personajes de la historia, se decantaba por la segunda opción. El mundo marino, programación informática, enciclopedia escolar, clásicos de la literatura iberoamericana, colección de novelas de terror... ¿*Pa* qué? ¡*Pa* cuando fuéramos a la *universidá*!

Durante mi infancia podía agarrar los libros aquellos *pa* leer, pero *mu* poquillo. Los diccionarios sí, y una de las colecciones que ya estaban con el plástico quitado. Las otras, la gran mayoría, las he abierto de grande con otras generaciones de la familia que han *venío* después que yo. Me acuerdo una vez que, viendo el parte (el telediario, los informativos), no entendí una palabra y la busqué en el diccionario. Fue un gran avance *pa* mi autonomía. Ya no dependía de la ignorancia de mis mayores.

Había un diccionario biográfico de dos tomos cuya encuadernación simulaba cuero. De chica me leí la vida *resumía* de un montón de payos de diferentes nacionalidades. Pero no me acuerdo bien porque nunca me sirvieron *pa ná*. Menos la de

Maimónides, que de esa sí me acuerdo. Leía por vicio porque en *realidá* no entendía la mayoría de las palabras escritas en los libros.

Me estoy yendo, pero merece el tiempo el inciso: en la cultura patriarcal, pero de postureo feminista, leer es algo femenino. Si bien los listos son los hombres y lo que merece ser *escuchao, leío* e impreso es lo suyo, leer es femenino porque no hace *ruío.* Mientras leemos estamos calladas. Con *tó* y con eso, es normal preguntarse: «¿no es peligroso que lean las mujeres por si se hacen más listas de lo normal?». No. Tranquis, esto está controlado. La literatura —quiero decir aquello que se imprime en forma de libro, que llega a *tó* el mundo— no tiene carga revolucionaria ni atractivo feminista. Son más bien bazofias que apoyan, nutren y recrean lo peor del sistema. *Asín* que no hay riesgo de rebelión, sino de justificación y normalización de los desbarajustes que ocurren en el mundo.

Que no *me se* quede por decir que leer es femenino porque el mando de la tele es masculino. Cuando las niñas, que además somos tan buenas, obedientes y responsables, estamos leyendo en nuestro cuarto o en algún rincón luminoso de la casa, estamos dejando el espacio principal, el salón o el cuarto de la tele, a los hombres. Que el mando de la tele del salón es del padre es incuestionable. Que el heredero es el hijo cuando empieza a *rapagonear* es otro secreto a voces.

¿Qué ocurre durante la infancia? Durante la infancia, cuando aún no somos hombres ni mujeres y una hermana y un hermano se pelean por el mando, suele intervenir la madre, que ofrece dos opciones: o se apaga la tele o se ve un ratito de cada cosa que gusten. Por puro azar, misóginamente centenario, siempre empieza eligiendo el hermano. A veces merece el turno porque es más pequeño y la niña ya es grande (qué *puñalá* más trapera) y otras, porque es el mayor. Ni machismo ni feminismo. *Igualdá*.

Me encantaba leer. Aquellos libros estaban allí y no podía agarrarlos o, cuando lo hacía, no me enteraba *muncho*. La biblioteca del colegio público rural del momento era una estantería de tres baldas de metro veinte de alta por metro veinte de larga en cada clase, y había huecos. En cada clase había dos cursos, ni siquiera había una estantería por cada curso. Fue mi segundo mono. Mono de libros. El primero fue de pito, de ser niño. Por aquel entonces no sabía qué era *ansiedá*. Me entraba *alferecía* cada vez que iba a la librería del pueblo grande con mi mamá, a inicio de cada año escolar, a encargar el material de ceras, libretas, lápices. Y cuando vi la película de *La Bella y la Bestia*, con aquella biblioteca, pensé que yo también me quedaría en el castillo, aunque fuera con un hombre como él (que al final no era tan diferente a los espectros de los hombres de mi entorno).

Un día, no sé cómo, descubrí un catálogo que se llamaba Círculo de Lectores. ¿Qué era aquella maravilla? Estoy aquí *sentá* escribiendo esto y me dan ganas de llorar de recordarme *prevelicá* eligiendo libro. Haciendo cuentas en papel *pa* que no saliera *mu* caro. Mi criterio de selección era el siguiente: que tuviera muchas páginas y que no costara *muncho*. Cada vez que venía la cartera de Correos y mi madre tenía que pagar treinta o cuarenta euros en libros, me regañaba. Pero ya que había *venío*, no iba a decir que no. Como la estantería del salón.

Leía cosas que ahora me daría *lache* reconocer en público porque no son guais, ni feministas, ni antisistema. Leía los cuentos de Jorge Bucay y yo quería ser psicóloga. Isabel Allende, gracias por *tó* lo que me has *dao*. ¿Quién más? Fatima Mernissi. Recuerdo aquellos nombres. He *olvidao* otros *munchos* títulos orientalistas que yo leía *pa* entender cosas que me intrigaban. También había nombres rusos que miraba sin leer porque no sabía pronunciarlos.

Una vez un compañero de clase, ya en la universidá, vino a verme a la casa y me encontró leyendo un libro de mecánica de motos. Me preguntó mi admirado compi que qué hacía leyendo aquello. Me aconsejó que hiciera el favor de afinar mi criterio. Le dije que me dejara libros. Me dejó a señores que se llamaban Malatesta, Trotski... y me gustaban. Lo que más me gustaba era que decían cosas que yo siempre supe y, de alguna manera, acompañaron a la niña que fui, aunque fuera en retrospectiva. No es que la mecánica de las motocicletas me interesara demasiado. Lo que pasaba era que, con la *ansiedá arrastrá* de años, leía *tó* lo que cayera en mis manos. Más que *ná* porque empezaba el libro y ya que lo había empezado, ¿cómo no iba a terminar? Cientos de horas *invertías* en algo que no me interesaba solo porque ya lo había empezado.

Fue la mejor técnica mientras no tenía acceso a libros. En aquella época de la primera adolescencia, cuando era *rapagona*, desarrollé un excelente mecanismo de defensa frente a la escasez de tinta impresa, pero ¿qué *sentío* tenía seguir haciéndolo cuando podía sacarme el carné de la biblioteca?

Cuando en el catálogo de Círculo de Lectores el número mayor de páginas y el precio más bajo coincidían con el de una mujer, me gustaba. Al acabar de leer el libro me tiraba algún tiempo —¿horas, días?— pensando en la historia, en la escritora escribiéndola, y me veía a mí misma. ¡Qué importantes son los referentes!

VII

Entre oriente y el autoproclamado occidente

¿Qué mujeres encontramos en una biblioteca pública de una *ciudá* provincial en un Estado de la periferia del autoproclamado Occidente?

Nawal El-Saadawi escribe un poquito de *tó*. Escribe novela y escribe ensayos. Médica de profesión, toda su obra —literaria y médica— gira en torno a la lucha contra la violencia patriarcal contra las mujeres y la defensa de un mundo igualitario. ¿A quién no le va a gustar? La cosilla que difumina su legítima lucha es que la señora, como bien he dicho antes, remanece de fuera de las fronteras del autoproclamado Occidente. En el país del Nilo y, *pa* más recochineo, en tierras del *islaMiranda*.

Volvemos a darle una *patá* a la lata de la doble vara de medir. Una mujer que denuncia el machismo en Europa está denunciando el machismo; una mujer que denuncia el machismo en Egipto está denunciando a la *sociedá* egipcia.

He *leío* una biografía de Nawal El-Saadawi. Según su propio relato, *toas* las desigualdades entre hombres y mujeres, *toa* la violencia que sufrían las mujeres (incluida la mutilación genital de la que ella fue víctima a los seis años de *edá)* se justificaba por ser la *voluntá* de Dios. Ella no cree en un Dios que condena a una persona a un segundo plano silencioso por el hecho de ser mujer, ni yo tampoco. *Asín* que estamos de acuerdo. ¿Acaso no tiene derecho a criticar y rebelarse contra aquello que ha *sío* usado en su contra? Si el aparato islamófobo quiere usarlo como combustible *pa* la máquina, no es *responsabilidá* de Nawal; bien lo sabe *Dios mía*.

La doctora El-Saadawi fue víctima de una interpretación del islam colonial, machista, misógina y profundamente sumisa a las miserias de la *modernidá*. ¿Por qué ha de ser la víctima la que haga el esfuerzo interpretativo de la hermenéutica de la liberación y no los verdugos? Si el islam ha *sío* interpretado de forma contrarrevolucionaria y ha *servío* como dispositivo patriarcal de colonización, hay que asumirlo; no se puede negar y *muncho* menos silenciar a sus víctimas.

Ella, al igual que yo, cree en la *igualdá* de trato entre hombres y mujeres, en las inquietudes espirituales con indiferencia del sexo. Ella ha *recibío* regalos quietos en su infancia (muñecas a las que cuidar) mientras que sus hermanos recibían coches y aviones, y yo también. Le ha *dao* coraje como me dio a mí y, cuando se fue a quejar a sus mayores, obtuvo una respuesta caída del cielo: «Es la *voluntá* de Dios». Desgraciadamente, sé lo que eso significa.

Nawal decidió rebelarse contra el orden *establecío* sin miramiento y yo decidí conquistarlo (por ahora). Las dos aborrecemos al dios de las injusticias y la cultura del maltrato a las mujeres y a las niñas. Teniendo tanto en común, ¿cómo no voy a leer a Nawal? Ahora bien, ¿sabéis a quién no leo? A la Europa islamófoba que usa las vivencias de las mujeres como argumentos falaces en debates amarillistas que no aportan *ná* y que, *pa* colmo, son tan machistas, o más, como el islam del que quieren salvarnos.

También os digo que no recomendaría los libros de Nawal (por lo menos las traducciones) porque son aburridas, antiestéticas, morbosas y, además, pecan de desatinos que *enlancha* a cualquiera. En la traducción de *La hija de Isis* de la edición de RBA se dice, como nota aclaratoria a pie de página, que la fiesta de final de Ramadán también se conoce como fiesta del sacrificio. *Pa* no entrar en teologías, pongo un ejemplo *pa* quienes no sepan: es como decir que la fiesta del Jueves Santo se conoce también como Nochebuena. Churras, merinas y hasta naranjas washingtonas ha mezclado la edición.

Me llevo a mi niña a la biblioteca. Le entrego las llaves del reino. Me repatea que se pasee con soberbio desdén por el territorio que tanto me costó conquistar. Ella sabe que los libros son refugio porque me ve resguardarme en ellos, porque se los ofrezco como guarida y a la recacha de la lectura nos hemos recompuesto de los estragos de la tempestad. Mis cuidadoras guardaban *pa* mi futuro universitario los libros; y yo, retoña de ese cauteloso cálculo de «*pa* por si acaso», le reservo el internet *pa* cuando le haga falta.

VIII

El vicio a las puertas del luto

El teléfono no iba a sonar. Un día tuve que pararme a asumirlo. El teléfono no iba a sonar, ni obtendrían respuesta las llamadas de quienes me preguntaban por guasap «k tal guapa to bien» y añadían con perversa imprecisión «a ver si ablamos un diica».

Pero antes de aceptar que iba a ser *asín*, consultaba el teléfono cada dos por tres. Ansiosa, esperando un mensaje y *decepcioná* al comprobar que no lo había *recibío, me se* colaba el tiempo por la pantalla del *esmarfón*.

Sé lo que supone que te aturda que suene el teléfono *pa* una llamada. El último año que recibía llamadas casi nunca lo cogía. Esperaba a que acabara de sonar y, al rato largo, escribía un wasap con alguna excusa. Cuando estuve *prepará* para responder ya nunca volvió a sonar como sonaba antes. Era una nueva era. La del móvil en silencio pero entre las manos.

El accidente (el deseo *concedio*) me formateó el disco duro. Me descubrió un nuevo código de interpretación del mundo y aprendí que al final nunca *ná* era *pa* tanto.

La generación que nació a principios de los noventa es la última que no recibió *pa* su fiesta de niñez/pubertad (comunión, bar mitzvá, los quince...) una *tablet*. Es la última que vivió parte de su infancia sin electroaparatitos y que tuvo algunos que se veían pixelados, sin color y que además eran finitos: te pasabas el juego y el juego se acababa.

Hacía años que decidí tener una rutina anual, como mínimo, de higiene virtual. ¿Fue el año del accidente? ¿O aquel año fue la hecatombe? Allí, en el pueblo, entre el desconsuelo, el luto y la vergüenza, pasaba horas enganchada al teléfono. Viendo vídeos y *conteníos* de personas que vivían mientras yo me consumía en el aburrimiento, la culpa y la esperanza de que *to* pasaba por algo.

Pocas de mis amistades urbanas vinieron a mi casa. La casa familiar en la que me había criado y en la que fui a pasar las Pascuas por no quedarme en Perpiñán. Las pocas personas que vinieron lo hicieron por compromiso, de refilón. No querían molestar. Pensaban que tras un accidente de tráfico, *onde* una familia pierde a un joven padre de veinte años, a su hijo bebé y además la que conduce es la hermana de uno y la tía de otro, lo mejor que se puede hacer es dejar sola a la familia. No invadir su dolor. Porque cada cual, dice el *mindfulness*, tiene una forma de vivir el duelo.

Mis amistades tan alternativas, cultas y revolucionarias, con sus compañías de teatro performático, sus doctorados en ciencias humanas y sociales y sus miles de kilómetros a la espalda recorriendo el mundo *pa* abrir la mente, enviaban mensajes de wasap «cómo vas», con corazones rotos y *vendaos*. Luego nunca contestaban a tiempo a la respuesta que diseñaba a la altura de la pregunta: «bien».

Las vecinas del pueblo, viejas exhaustas de lidiar con sus vidas atestadas de cuidados, curro, deudas y dolor de hijas y nietas, no faltaron ni una tarde en los meses que siguieron al sepelio. No venían todas siempre, pero nunca faltó una. Venían a ver qué íbamos a comer. Traían el mejor *tapagüer* de su colección con un par de platos de guiso *onde* flotaba siempre un trozo de carne de cerdo *pa* el *marío* de mi madre. Podía ser normal que mi madre, ante el sufrimiento de enterrar a un hijo, perdiera el apetito, pero los hombres son diferentes. Más fuertes, más grandes. Tienen que comer. Podría ser que en la opaca y tenebrosa *duca* en la que se sumerge una madre que entrega su hijo a la tierra, en este caso doble por la muerte del nieto, pudiera descuidar su tarea de esposa, y *pa* eso estaban ellas. *Pa* que no parara la máquina de cuidados al hombre a cargo del sexo femenino. La ciencia occidental dice que, ante la muerte de un hijo o el nacimiento de otro, el hombre puede sentirse desplazado. Pobreticos.

Me repugnaba que el orden patriarcal imperara en *to* y que además hiciera gala de un protocolo tan pertinente en momentos tan duros de duelo. Al mismo tiempo, envidiaba profundamente la organización de esas mujeres *pa* cubrirse las espaldas. Eran la costilla de Adán, la creación de Dios *pa* acompañar al hombre, pinches del chef que sale en la foto, suplentes en la obra de su propia vida, pero allí estaban las malditas haciendo gala de lo que yo y mis amistades recreábamos en los artículos *pa* medios alternativos, las obras de teatro y las publicaciones en redes sociales: cuidados y ternura. *Muncho follow, muncho like, muncho social* pero poca red.

Por doquier las infancias con el teléfono. En el bus, en la calle, en la mezquita, en la sala de espera. Me parecía un acto de terrorismo contra sus cabecillas, su psique, sus superpoderes. Era una fanática de la prohibición de los aparatitos en la infancia. Compartía en mis redes desalentadoras y terroríficas publicaciones sobre el efecto de las máquinas en las *jerós* tan blandas, y de cómo la luz quemaba el iris, la pupila, la retina, cómo el fuego LED entraba por los *sacáis* hasta la glándula pineal. Pero ¿quién podía negarse ante la tiranía de la nueva era? Aunque, más allá de que la resistencia a la tentación fuera, es y sea finita... El dragón de Babilonia se alimenta de *big data*. La información volcada en internet por los seres humanos es el pienso de la bestia, el combustible de la máquina que hace funcionar el sistema que crea deseos, devora tiempo, sugiere *contenío*. Y lo ocupa *to*, por nuestra *seguridá*.

Fui a inscribirme en alguna institución del Estado que ahora no recuerdo. *Pa* acceder de forma protegida debía de hacerlo a través de un sistema certificado electrónico, clave o pin. Acabé recibiendo un SMS, en mi móvil de botones, con un enlace a una web *pa* cumplimentar la solicitud de forma segura. La tarjeta era de prepago, la tenía sin saldo. ¿Cómo lo resolví? No me acuerdo. Entraría por el aro que me llevaría al cuarto *onde* tendría que convivir con el dragón. Tocaba aprender a que no me comiera.

Llegué a la conclusión de que lo mejor sería usar las redes en familia. Un ordenador *compartío*, un número de móvil en un aparato común y un teléfono fijo en casa. Yo sabía que mi niña necesitaba mi compañía, mi ejemplo y mi tiempo y ella sabría cómo desenvolverse *pa* salir sana y salva.

Cuando mi *agüela* llegó *pa* vivir con nosotras, en la segunda casa, recorrió la vivienda preguntando por un reloj y un almanaque. ¿Cómo íbamos a saber el día y la hora? «Con el móvil», le dije. Entonces supe que había que salir al bazar que había en la calle perpendicular y *onde* estaba *to*. Veintiséis euros me gasté en pilas y relojes. Uno *pa* la cocina, *pa* la sala, también *pa* el baño. Los almanaques los confeccionamos nosotras en cartones.

Eso fue después de buscar dónde meternos y de dejar el duelo atrás y salir del pueblo con él a la espalda.

IX

Incursión en la *ciudá:*
looking for a rent

Supe que estaba loca cuando me miró a los ojos y sostuvo la *mirá* el tiempo que yo la estuve mirando. Las personas cuerdas en la *ciudá* fingen no conocerse, hacen como que no se ven.

Confirmando mi teoría, me preguntó si yo era de por allí. Le dije que venía de vez en cuando. Le convino mi respuesta; era por eso que no me conocía. Luego fingió estar cuerda mirando *pa* otro sitio *onde* yo no estaba. Por fin, tras un ratillo de *incomodidá* manifestada en los movimientos nerviosos, me dijo que tenía la luz de la casa *cortá*, que si podía ayudarla. Respondí con una *sadaqa*: que Dios le facilitara los asuntos, y al instante, como si estuviera esperando mi respuesta, sentenció que la *facilidá* la trajo Dios conmigo.

De esta manera di yo con la red de gente que abría las casas que los fondos de inversión arrebataron a la ciudadanía *desarmá* frente al ejército estatal y las fuerzas de *seguridá* de la monarquía parlamentaria. ¿Mafia? ¿Qué es una mafia? ¿Un grupo de personas *organizás* al margen del Estado al que no le rinden cuentas? ¿Acaso no es eso lo que hace el Partido Popular? ¿El Banco Sabadell? ¡Ah! Una organización de personas que se organizan al margen del Estado pero que no lo desangra como cerdo en San Martín.

Por ahí sí puede ir la definición de la organización de personas con la que di.

La *propieá* estaba en pleno centro de la *ciudá,* en un bloque de familias ancianas con aire señorial y otras con un alquiler de renta antigua que hacía perder dinero a la casta nacional en un momento de auge de las viviendas turísticas. Pertenecía a un fondo buitre que tenía que esperar a que los viejos murieran y los herederos vendieran.

¿Cuánto estuve allí sin agua corriente? Vacié la casa entera. Una neverilla chica (cien euros) que yo pudiera cargar en peso. Una cama *pa* mi niña y la *agüela* cuando las trajera (fueron ochenta euros, el colchón usado pero nuevo de uno cinco). Cubiertos, servilletas de tela y arcuza. Son *munchos* detalles poco literarios, muy poco literarios. ¿Quién escribe de *jaliyeles* si a quien tiene tiempo *pa* escribir los dineros no le faltan? Una mecedora *dorilla* de la ventana y una mesa que no precisara de sillas eran los siguientes mobiliarios que estaban en mi lista. A mi niña le gustaba la *libertá* del suelo cuando jugábamos en el cuarto del corral. *Asín* que el salón lo acicalaría con mantas *agradecías* a la *caridá.*

Mi niña fue partícipe, directora y coordinadora del comité de decoración. No sabía si aquello que íbamos adquiriendo eran los mejores enseres o destacados bártulos, pero fueron grandes momentos y excelentes recuerdos. Jugábamos a crear nuestra vida mientras la creábamos. ¿Se llama jugar a eso? ¿Enseñar y aprender en dos direcciones? Enseñarnos. Aprendernos.

Pero eso fue ya en la segunda casa. La primera estaba demasiado cerca de una clase social a la que nuestra presencia incomodaba. Tal vez fuera el miedo, los nervios, la resaca, la paranoia o *to* junto en uno. La cosa es que cada vez que alguien me sostenía la *mirá* creía que iba a delatarme. Que iba a mandarme a machirulos *pa* desahuciar la casa y que publicaría mi plan, aún secreto, de recuperar a mi niña.

Era una zona céntrica *onde* abundaban hombres blancos con corbata y chaqueta, aparentando un estatus que no tenían y probablemente considerando la existencia de mi familia una amenaza *pa* la vida que anhelaban. Yo era la okupa contra la que advertía la televisión. Esos hombres lo sabían y por eso me miraban tanto. Ahora, *ende* la distancia, entiendo que, seguramente, serían puteros que me buscaban con los ojos. Pues, a la par que los apartamentos turísticos, afloraron las casas de citas, antiguos burdeles piratas, *wisquerías* que se llaman en los pueblos. Total, prostitución y turismo, ambos igual de malamente gestionados. Y yo allí. Planeando traerme a mi niña antes de que el pueblo se le encaramara a las espaldas.

La falta de agua corriente en la primera casa me cogía demasiado tiempo. Mi niña se lavaba en una tina *galvanizá* que me costó setenta euros. Calentaba el agua en el mismo *camping gas* en el que guisaba. ¿Fueron otros setenta? Cuarenta euros, creo. No me acuerdo. Metía el *camping gas* en el cuarto de baño y servía de estufa. Allí dentro se estaba la mar de a gusto. ¿Y si echábamos hierbas aromáticas a la olla *onde* calentábamos el agua? Salíamos a buscarlas a la *ciudá*. ¿Habrá algún huerto urbano?

Empezaron a florecer las tardes y a ser fértiles las horas. Aquellos meses de angustia habitacional se calmaban con la certeza del subsidio por desempleo que arreglé *pa* cobrar. Pero nunca llenaba la nevera por si un día llegaba y habían tapiado la puerta. ¿Sabría mi niña que no teníamos derecho a estar allí? ¿Sabría que éramos bandoleras contra la especulación? Como lo fueron nuestras ancestras contra el franquismo.

Una tarde, mientras coloreaba unas láminas *pa* el colegio [centro de adoctrinamiento *onde* aprendió de las andanzas de Colón] y yo preparaba la logística *pa* la capacha del día siguiente, le pregunté, en mi afán de adelantarme a sus dudas legítimas y mi deseo de politizar las carencias: «¿Por qué crees que está costando tanto trabajo encontrar una fontanera que nos arregle el agua del grifo?».

La segunda casa, con su luz, su agua del grifo y su calentador que compré por cincuenta euros (y otros cincuenta *pa* el hombre que vino a instalarlo), era un barrio con un vecindario más amable y encantado con nuestra presencia. Además, tenía un mini porche a la entrada porque era un antiguo local comercial. Los sábados, con la reja echada, dejábamos la puerta abierta mientras hacíamos zafarrancho —eso los sábados que lo hacíamos—. Bastante había limpiado ya.

El bulevar era una calle ancha con un par de carriles de coche y dos paseos agradables a lado y lado adonde desembocaban calles que nacían de las entrañas de los tugurios. Siempre había quien paseaba con mascotas (animales que no se comen), carritos de la compra y churumbeles cumpliendo la condena frente al teléfono. Allí era *onde* el día de Reyes y el de Ashura se iba a fardar de los regalos y los juguetes. Los domingos por la mañana las viejas (que eran las menos) lucían los delantales nuevos. Las familias de la otra orilla del mar más grande traían a sus *maríos*, sus hijas, las neveras llenas de cerveza oscura, refrescos amarillos y empanadillas que llamaban arepas. Los potentes altavoces de discretos tamaños se conectaban a las frecuencias andinas y se traían un poquito de la tierra *onde* llegó Colón a buscar oro y a destrozar la vida.

—¡Con lo bien que huele la lavanda! —decía mi niña, merecedora de todos los lujos, cuando nos sentábamos en un banco cercano a una mata de esparto. Pero la lavanda era opulencia y no salvó del hambre como lo hizo la gramínea. Mi *agüela, sentá* en su andador, *vestía* de colores (ahora ya sí) bajo su toquilla negra perenne, se columpiaba en su talle, se miraba en sus flores espigadas.

Alguna noche de insomnio mío, cuando garbeaba por la casa, ella me llamaba a su cuarto y me aconsejaba trenzar las cañas tenacísimas hasta que *me se* cansaran las manos. ¿Cuánto beneficio y ciencia cierta había en aquella locura? Fui feliz paseando por la rambla. Trenzando esparto como hicieron mis ancestras, las ánimas que me acompañaban. Era feliz mientras mi niña jugaba libre y segura. Ella, cada instante, volvía al banco en busca de consuelo, *onde* mi *agüela* y yo la esperábamos con un remedio que brindarle a sus angustias infantiles.

X

Un bautismo para cada culpa

Un día nos invitaron a merendar a la casa de una amiga de mi niña. Era un gran acontecimiento porque en la *ciudá naiden convía* a *naiden* a su casa, y es que algunas casas son tan míseras que en el parque se está mejor. Otras están atestadas de gentes que no queda espacio *pa* invitaciones y otras familias, simple y llanamente, necesitan salir de la huronera en la que viven *pa* respirar aire nuevo.

Ende que me traje a mi niña a vivir conmigo intenté dárselo *to, pa* que no notara la falta de lo que brillaba por su ausencia y que la condenaría a una búsqueda vitalicia (en la que todas vivimos). *Asín* que, además de las familias del parque y del barrio con ideología y hábitos más despolitizados, también me gustaba ir a los ateneos, los centros sociales, los huertos urbanos. En fin, allí *onde* pudiera haber relatos vitalicios diversos, aunque claro, lo menos normativo estaba en el sector «despolitizado»; ahí había decenas de familias sin padre (como la nuestra), de tías que hacían de madre, de madres que no volvían, de padres de quita y pon y hermanas *condenás* a cuidar con el librillo de otro maestrillo.

Y ¿*pa* qué mentirnos? Entre las familias sin conciencia de clase era *onde* más currillo me salía a mí, para ir sumando un plus y poder comprar algarrobo en lugar de *cacado* (que tiene *muncho* azúcar) *pa* aderezar la leche del desayuno. Que la leche fuera animal o vegetal dependía del parné de la semana. ¡Qué batalla la alimentación y la crianza!

En las tardes del bulevar conocí a la Rubia, una mujer grande a la que le dolían los huesos de tirar *palante*. Con ella echaba algunas mañanas en la ventana adonde acudían las personas de etnia paya a comprar aliños de cigarros. ¿Hay cabida de aquella experiencia en esta historia? ¡Era tan normal! Que apenas merece la escritura. Sentada en una ventana venían las personas y me decían «veinte», «cincuenta», «treinta», mientras yo evitaba su *mirá* y mis *sacáis* se clavaban en el peso. Al final del día la Rubia contaba el dinero, pesaba lo que quedaba y me daba mi jornal. Ya me lo dijo mi *agüela*, que aquello no era *pa* mí, pero yo tenía tanta hambre *arrastrá* por los siglos de los siglos que todos los dineros me parecían poco.

En las esferas de los centros autogestionados había grupos de hombres que hablaban de lecturas, de revolución, de teoría política, etc. Eran pequeñas dosis de *intelectualidá,* un oasis sin palabrotas, pero un tedio económico. Pues en estos ambientes, si bien el personal reniega del dios cristiano, tienen hecho voto de pobreza, aunque trabajen *pa* el Gobierno o el tercer sector. Mucha compasión, pero poco negocio. Les gustaba definirse como pobres, precarios, hacer como que no tienen privilegios *pa* no tener que usarlos y solidarizarse, de igual a igual, con otros sectores pobres.

Retóricamente esto era muy bonito, pero ¡qué coraje les daba que los «pobres» se compraran *aifonneS*! Pasábamos más tiempo criticando las zapatillas de marca de nuestros compis de clase obrera que planeando un asalto al capital (*onde* quiera que se escondiera). «Los otros», además de pobres, eran tontos por no votar al partido de turno o no tener una abstención activa. No es por *ná*, pero con una palabrería u otra, tanto la peña abstencionista cani como la hípster tenían el mismo discurso: «todos los políticos son iguales». ¿No es este el triunfo de la derecha? En fin, dime de qué presumes y te diré a qué tribu urbana perteneces.

Mi niña, su amiga que era la cumpleañera y una prima rapagona que pululaba por allí. Había papas, una torta, cerveza, cumbia, globos y el móvil. Estamos en la fiesta de cumple a la que nos han *conviao*. Conseguí relajarme en la sencillez, conseguí olvidarme del mañana, de mis grandes empresas y hablar del traje que una había comprado, de la cerveza que el otro prefería, de la *cantidá* de sal que había que echar al plátano macho. Me sumergí feliz en la *cotidianidá* de aquella familia. Cuando me relajé del todo, sentí que las niñas tarareaban una cancioncilla que me resultaba familiar, afiné el *sentío*. Sí, «la culpa era mía por *onde* estaba y por cómo vestía». ¡El mundo *me se* vino encima!

Fuera querío salir de allí, maldecir al mundo, explicar el desorden machista de la *sociedá*, hacer *to* eso a sabiendas de que sería en balde. Aquella tarde de vuelta al sol aprendí que, si me había relajado un mijilla en los casi dos años que llevaba mi niña conmigo, el descanso no podía servir de precedente. Que yo le quitara el móvil a mi niña no serviría de *ná*. Si alzaba la voz en esa fiesta escucharía comentarios de la familia que nos enemistarían. ¿Me iba? ¿Me quedaba? Otra vez la angustia en las tripas, mezclada con la culpa de haber bajado la guardia, con el coraje de no tener una burbuja *onde* meter a todas las niñas del mundo y una hoguera *pa* los machirulos.

XI

¿Mi mamá me quiere?

Cuando mi niña me preguntó por primera vez si su madre la quería, *me se* cayó el mundo abajo. Entendí que esa pregunta implicaba muchas cosas, entre ellas la condena vitalicia de buscar un amor que no conoces en almas, cuerpos y vicios *onde* solo se encuentran sucedáneos adictivos.

Yo también he *dudao* del amor de mi madre hacia mí. Hasta que me di cuenta de que no existía porque el amor entre la madre y la cría lo había matado, como a un dragón, el príncipe azul.

Dejar de buscarlo me dio gozo por un rato, pero al poquillo me di cuenta de que *naiden* en el mundo *habemos nacío pa* que nuestra mamá no nos quiera. «¿Te quiere a ti tu mamá?». A mi *agüela* no le gustaba esta pregunta. No se enfadaba porque no era parte de su carácter, pero se notaba que le daba coraje. Ella también era madre. ¿Dudaba su hija del amor que ella le tenía?

Hasta el momento de la pregunta creía que podía librar a mi niña de los males del mundo. La cuestión comprensible y desgarradora que me planteaba de forma astuta e inocente —halagadora para mí, pues me había *elegío* como piedra de su oráculo— me hacía ver que las semillas de las catástrofes que atormentan la existencia humana se siembran en el terreno fértil del alma de cada cual; y mi niña, a la que yo quería como si fuera una extensión de mí misma, tenía su propio universo interno cuajado de galaxias *onde* se darían todas las batallas de la *humanidá.*

¿Qué podía hacer yo? Lo de siempre: abrazarla y acompañarla, cuidarme y elegirme.

Decirle que sí o que no me llevaba a la misma encrucijada perversa. Pero cogí el camino más típico, el más transitado, la *verea* despejada de hierbas (aunque llevara a un abrevadero envenenado): —Claro, hija mía, que tu madre te quiere más que a nadie en este mundo.

La pregunta que siguió podía predecirse: —¿Por qué entonces no vive aquí? —Porque tu madre es una mujer muy inteligente y ella lo que quiere es que vivas plenamente. Ella quiere librarte de todos los quebrantos del mundo y cree que aquí en la *ciudá* será más fácil porque allí, en el pueblo, el tema de las placas solares y todo eso no sabemos por dónde va a salir. Por eso es. Prefiere verte lejos y feliz que tenerte cerca y no poder hacerte tan dichosa como mereces. Cuando ya sepamos que es seguro vivir allí, volveremos.

Lo de las placas solares *me se* ocurrió en el momento.

En sus *sacáis* redondos y brillantes de llanto afloró una satisfacción rara que rebosaba culpa. Mi niña tan chica, angélica mía, ya conocía el remordimiento de ser feliz mientras su madre no lo era. «Tu madre está feliz de ponerte a salvo». Un *jipío* y un abrazo. —¿Por qué lloras tú también? —Porque me encanta llorar.

Muchas carcajadas. «Qué rara eres, hija», me dijo. En andaluz puede llamar una hija a su madre «hija».

Que la niña iba a querer estar con su madre y preferir estar con ella era algo con lo que yo contaba *ende* el principio. Era el principal riesgo que corría. Era lo que más miedo me daba. Si después de *to* lo que tuve que hacer *pa* que fuera la madre la que renunciara a la criatura, mi niña disponía de querer irse de la vera mía... Si eso pasaba, yo... ¿Qué más daría entonces *ná*?

A partir de aquella conversación, de aquel deseo legítimo de mi niña de que su madre la quisiera, el pánico *me se* instaló en la *quijá*, la jeta me dolía de tanta cara dura de hacer de madre sin haberla *parío*, padecía de cefaleas, los ojos me ardían, *me se* estropeaban los dientes.

XII

¿Cuántas pulgadas?

Tenemos una tele. Es de grande como un demonio. Más grande que la mesa de la cocina. Sorprendentemente, no pesa tanto como su tamaño haría suponer. La hemos colgado en la pared. Le dimos muchas vueltas antes de decidir dónde ponerla porque sabíamos que, al colocarla, se convertiría en el centro de todo, en el fuego de la cueva.

Siempre quise tener un taladro. Llegué a tenerlo. Luego lo vendí. He visto unos en el Lidl, pero entre máquina, tornillos y tuercas se pone la cosa en casi ochenta euros y he *preferío* pedir un favor estilo damisela en apuros.

Es un señor al que le gusta hacer diagnósticos, dar su opinión y predecir catástrofes. Era el manitas de confianza del dueño del primer piso completo que tuve alquilado en esta *ciudá* cuando llegué hace más de diez años. Por aquel entonces sus palabras me afectaban, pero ahora sé que seguirle el rollo es el precio que cobra por estos arreglillos.

Tiene las encías oscuras y unas manos habilidosas, con las uñas cortadas al ras de la carne. Cuando las veo manipular las herramientas y encontrar atajos *pa* mejorar los resultados, un cosquilleo raro me recorre por las rodillas y no sé si sube o baja de allí a los entremuslos o es el pirineo el epicentro de la calentura. Con *tó* lo lista que soy, no sé dónde está la fuente del deleite o no quiero reconocerlo.

Ahí está el morbo. En el placer que siente alguna parte del cuerpo y que a la cabeza le da *lache* reconocer. Me gusta acariciarme detrás de las orejas y el cogote mientras lo miro, intensificando el placer. Llega un punto en que dejo de escuchar lo que dice *pa* centrarme en la *musicalidá* de su acento. Si tuviera la certeza de que iba a morderme los muslos con el rigor suficiente como *pa* dejarme la marca única de sus dientes señalada, retirarse justo antes de que empezara a doler y cumplir órdenes con abnegado gusto, lo dejaría correrse y recorrerme las caderas con la demora propia que él mismo, tras siglos de doma, le asigna a su raza.

Lo despido, amablemente, con un apretón de manos después de hacerle la cobra. Me dice que no se acostumbra a no besarme. «Ustedes los árabes son calientes como nosotros, no sé a qué viene tanto reparo». Ni confirmo ni desmiento. A mí también me gustaría ser feliz con el relato que la *modernidá* colonial hace sobre mí. Pero no soy árabe. Soy andaluza.

La tele es tan moderna que tiene hasta navegador de internet. Ahora vemos vídeos de cómo se hacen las cosas que usamos, la comida que comemos y la *cantidá* ingente de vídeos que vemos como *sociedá*. Sí, el *making of* de los vídeos. Es mi forma de prevenirnos de este mundo de engaños insanos, terrorista de la autoestima, ladrón del tiempo.

Dedico *munchos* ratos de pensamiento automático a cavilar sobre los próximos vídeos que podemos ver y de las excusas *pa* alejarnos de otros, a la par que me preparo *pa* tener que ver cosas que me desagradan, me *enrritan*, me desquician: propaganda del capitalismo racista y patriarcal. Es inevitable verlo, aquí no somos tan guais ni tan alternativas. Si mi niña quiere verlo, es inevitable *pa* mí que lo vea en esta casa, porque aquí por lo menos yo puedo dirigir el debate posterior, orquestar el análisis, reírme de las pantomimas adoctrinantes. Y porque me muero de canguelo de pensar que me diga que se quiere ir con su madre, *onde* sí puede ver todo lo que ven sus amigas del cole. A pasar horas muertas delante de una pantalla sin supervisión.

Los programas de la televisión regional son los que más entretienen a mi *agüela*. Historias de vida, recetas, cantes y copla. ¡Ah! Otro acuerdo televisivo es que todas tenemos derecho a elegir algo y verlo en familia.

Observo lo que pasa en otras familias alternativas, las de los huertos urbanos y eso. Allí ridiculizan a las preadolescentes por lo que les gusta, pero no comparten con estas necesitadas criaturas un tiempo de ocio sin juzgar lo que es propio de su época. Nadie quiere ser el perro verde de ningún círculo. Sí, aquí se ve Operación Triunfo, MasterChef y todos esos programas que sirven para mantener en el poder a las familias oligarcas y franquistas de antaño. Como la Samantha Vallejo-Nágera, sobrina nieta de Beigbeder, quien fue alto comisionado en el Protectorado español en Marruecos durante los años previos a la Segunda Guerra Mundial y más tarde ministro de Asuntos Exteriores durante los primeros años del franquismo. Esa figura tan amable y afable se presenta en la novela *El tiempo entre costuras*, de la que, por cierto, también se hizo una serie televisiva de masas. ¿Hace falta añadir algo sobre la presencia de la hija de la Preysler? ¿La nieta del rey emérito (sucesor de Franco)? ¿El multifacético Bertín Osborne, descendiente de colonos?

Alguien tiene que ver la televisión con las infancias y adolescentes para dejar caer estas píldoras de información y saber de qué barro vienen estos lodos.

He de proteger a mi niña de dos ideologías: la del capital y la mía propia. Sí. También de la mía. Predico con el ejemplo, pero no quiero amargarle la vida ni que vaya arrastrándose por el mundo con más y con más remordimiento del que ya nacemos. ¿Cuántas máximas de las que aprendimos no han *sío* rocas enganchadas al pescuezo en nuestro avanzar por descubrir el mundo?

No compro carne de pollo, ni *muncho* menos de marrano. No se guisan esos cadáveres en mi casa, lo que no quiere decir que vaya a mostrarle a mi niña cómo se hacen los *nuggets* de pollo. Deseo que, si algún día va con sus amigas a comer por ahí, coma sin disgusto ni consternación, que disfrute si come esa porquería en la casa de sus amigas. Que no tenga tanto miedo, como tuvimos, a comer marrano. No vayamos a que se le salte la hiel viendo comer a sus amigas la basura muerta de los centros de tortura animal.

Pero tampoco comemos tofu, hasta ahí podíamos llegar. Ni lo comeríamos si pudiéramos permitírnoslo. Comer marrano en Andalucía es imperativo. El pueblo andaluz se ha jugado *muncho* (hasta la vida) al no comerlo. Ya no nos acordamos por qué, pero seguimos incitando a su consumo. Las tripas, las pezuñas, las orejas, los andares. Del marrano se come todo y mientras se come se dice lo *güeno* que está.

XIII

Antes de salir. El pueblo. ¿Cómo me las maravillaría yo?

Estaba yo sentada en la cocina pelando las habas de la banasta con el fin de guisar unas y congelar otras, porque *pa* secarlas se dejan en su vaina. Entró mi *agüela* y me preguntó si las estaba pelando con las manos o con la boca. ¿Cómo no me di cuenta antes de que la mandíbula era la salida de emergencia por *onde* se escapaba la molienda que trituraba en el almirez de la sesera?

Le conté que volver adonde tanto me costó salir estaba acabando conmigo. Yo no me vine de Perpiñán *pa* siempre. Yo vine a pasar las Pascuas. Me dijo que me fuera. «¡Cómo voy a dejar aquí a la niña!», le reproché, y me respondió, ni más ni menos, que me la llevara. ¿Adónde? ¿Cómo? *Allahu Aela.* Fuera como fuera, ya se había dicho. Dios dijo «sé» y «fue». Habíamos cruzado el Rubicón.

Empezó la odisea del rescate.

Después del accidente, del deseo *concedío,* todo fue confuso, triste, vil y zigzagueante. Se pensó *to,* se calló lo que se tenía que decir y se dijo lo que no se debía. *Ende* el cole aconsejaron que mi niña tuviera entrevistas con profesionales de la *salú* que la ayudaran a drenar la pena.

Llantos, resignación y, al final, rutina. Siseos *pa* no hablar delante de la niña de lo que justamente correspondía. La niña

73

incómoda, enterándose de todo y a la vez de *ná*. Las criaturas a esa *edá* reconocen la tensión, los nervios, la alegría, la angustia y el resto de las emociones simples y complejas; luego hacen interpretaciones en las que a menudo son los sujetos disturbantes. «Si cuando yo llego los adultos se callan algo pasa y pasa por mí», pensamos de chicas.

Pues sí, reconozco, entre la jactancia y la *lache*, que formé parte de la obra voceando a los cuatro vientos que la niña no era tonta y que ella sabía que ni su padre ni su hermano estaban ya con nosotras y que yo conducía el coche que los llevó a la muerte. Entonces mi madre se quebraba en llanto, su *marío* blasfemaba y se iba a llenar otro vaso. La niña se deshacía en duelo y yo en arrepentimiento. El médico me dijo que los orzuelos que me salían eran de llorar, pero yo sabía que eran del asco que me daba ver(me).

Pero como ninguna *oscuridá* se sostiene sin la luz, había otros ratos que nos acompañábamos a la parte de atrás del cementerio cristiano, *onde* en una parcelita chica el Ayuntamiento había *cedío* el terreno *pa* que los cuerpos sin cristianar se enterraran en la tierra. El consistorio lo donó estando al frente un alcalde socialista que tenía tatuado en el brazo derecho el escudo de la Falange. Pero eso es otra historia casi tan larga como el perímetro de las cunetas, tan falaz como el café para todos y tan necesaria, pero imprudente, como los Acuerdos del 92, pues se llevaron el mérito quienes no querían que nada cambiara.

Mientras me marchitaba de vuelta en el hogar de mi infancia y con el accidente a cuestas, iba urdiendo un plan. Ahí más que nunca, y tanto como siempre, me di cuenta de lo sola que estaba. Y de cómo las personas ante la *soledá* siempre alzamos la vista al cielo. Me reconcilié con los planetas, las estrellas y la masa celestial, como cuando era niña y me sabía la soberana de todo cuanto veía.

¿Qué quería yo hacer? ¿Eran desvaríos mis planes? ¿Eran apropiados, normales, propicios? Buscaba la respuesta en las alturas. Estudiaba astrología en el cuarto de detrás de la despensa que daba al corral desahuciado del que se apoderó mi hermano. Ahora estaba libre.

A menudo lo veía llorar, como Boabdil, cuando entraba allí y eso me desconcertaba, pero acabé por acostumbrarme, yo también lloraba. Mi niña entraba allí, al cuarto de su padre. Recorría, como yo, la estancia, pero ella buscaba lo que yo evitaba. Poco a poco se fue convirtiendo en nuestro refugio ante la presencia iracunda de mi madre, su *mirá* machacona y sus comentarios combativos. Nuestra presencia en aquel cuarto reafirmaba la ausencia de su hijo.

XIV

Rutina de supervivencia

Tengo recuerdos borrosos *ende* el porrazo hasta el inicio de la temporada de los ajos, cuando empecé a trabajar en el almacén.

¿Salía? ¿Me recogía? ¿Dormía? ¿Velaba? ¿Qué parte de la *masculinidá extinguía* se *queó* conmigo? ¿Comía? ¿Ayunaba? ¿Lloraba?

Jamás pensé que tuviera que pasar en el pueblo tanto tiempo de nuevo, ni *muncho* menos en una situación tan comprometida que me ponía en boca y ojos de todo el mundo.

El accidente sirvió como excusa *pa* que el vecindario[2] tuviera un sí o un no conmigo. Me encontré con personas que hacía lustros que no veía, con las que compartí pupitre y largos años en el cole, en el instituto. Poco, *ná* o *to* quedaba de aquellas criaturas que ahora eran hombres y mujeres hechos y derechos, que estaban a la cabeza del marco familiar *heredao*. Seguían allí; yo había *huío, salío*, vuelto. Mis compis seguían en el pueblo, afanándose con orgullo en su sino. Entonces me di cuenta de que el destino contra el que siempre me rebelé ahora, *ende* la envidia, me parecía fácil y deseable: «Ser como *to* el mundo aparenta ser».

Tenía que salir de allí y llevarme a mi niña conmigo. Salvarla de la suerte que estaban corriendo las que fueron mis amigas y

---

2 Cuando digo *vecindario* no me refiero a quienes vivían cerca de mí, sino al pueblo entero y parte de los pueblos colindantes.

compañeras de infancia, librarla de la estrella de mi madre y de la suya. Ofrecerle otra fortuna, ya que a esta siempre podría volver. Alejarla del alcance de Yocasta.

Para conseguir lo que quería era menester definir el objetivo, idear una estrategia y conformar un ejército. Los dos primeros requisitos, por depender exclusivamente de mi mano y mi *sentío*, eran sencillos. Me atemorizaba la ardua tarea de aliarme con secuaces. Pero no me quedaba opción; era momento de establecer alianzas.

La primera persona en la que pensé fue en la Princesa India. Una amiga lejana de mi pasado de estudiante en la *Universidá,* con la que había *mantenío* un contacto intermitente y que no sabía *ná* del giro que había *dao* mi vida. Sería más fácil de esa manera. Se había casado, había *tenío* un hijo y estaba sola y *aburrí* en su reino. El destino me estaba dando luz verde. Cuando la encontré estaba *estresá* con problemas de pijas; me dediqué a simular que me importaban.

Ella evacuaba el estrés *tirá* en el sofá viendo vídeos de gracia en la tele mientras la *nursi*, como ella le llamaba, se ocupaba del infante y otras gestiones de su uso personal. La *nursi* era una prima de su *marío*. Esta mujer aún no tenía la documentación en regla (ni el primo) y la Princesa India estaba haciendo el favor de acogerla en su casa y darle un trabajo (informal, por supuesto) *pa* que no tuviera que prostituirse por ahí, porque el coño de una mujer no es como el cristal, que cuando se empaña se limpia y vuelve a brillar. Es mejor entregar los huesos a la artritis que el sexo al mercado. del capital Es más digno. La mujer que entrega su entrepierna por dinero pertenece a cada uno de los hombres con los que negocia; son fulanas, mujeres sin nombre (sin el nombre del hombre que las protege).

La Princesa India, hija natural del autoproclamado Occidente, hacía doble labor de salvadora: maternar a su *marío* y dar un techo y un trabajo a la prima, quien, según me contaba mi amiga, no era tan agradecida como debería. Hablaba demasiado del oro que robó España.

Antes de ser Princesa India, había *sío* Soberana Mandinga, Reina Pular, Ama de Trap y Alcaldesa de los Pobres. ¡Ah! Y, por supuesto, Sultana. A ella, como a cualquier mujer en las sociedades patriarcales, la definía su relación con un hombre, de ahí que su título cambiara según el galán al que estuviera manteniendo.

Ende hace ya un tiempo hay una nueva figura social a la que yo llamo haragán. Este perfil ha *existío* toda la vida, pero con el auge del falaz empoderamiento femenino ha tomado fuerza. Estamos hablando de un hombre *mantenío* que no renuncia a sus privilegios de género. Un ejemplo: no trabaja fuera de la casa, pero no se encarga de las tareas del hogar.

El capitalismo siempre sabe hacer suyos todos los logros en materia de desarrollo humanitario y justicia social. Si, en un momento *dao,* en la *sociedá* de clases industrial, la incorporación de la mujer al mercado de trabajo remunerado fue defendida por los movimientos feministas como un paso hacia la emancipación, esta fue vista como una *oportunidá* del capital *pa* tener mano de obra más barata.

Si bien es cierto que las mujeres ya son asalariadas e incluso jefas en las sociedades del autoproclamado Occidente, *tavía quea muncho pa* que los hombres ocupen el rol de cuidadores. Esto, *unío* a la gran dependencia emocional e incluso física de las mujeres, ha *propiciao* la aparición del haragán.

Las relaciones entre las mujeres suficientes y sus haraganes funcionan *asín*: ellas necesitan la compañía de un hombre, necesitan saberse elegidas y sentirse completas junto a ellos. Son mujeres que, aunque tengan escasos recursos económicos, siempre pondrán su fuerza de trabajo —porque se las dan de modernas e independientes— al servicio de la manutención de la pareja y, por supuesto, de lo que el haragán requiera.

El haragán es un hombre que ve el cielo abierto ante el «empoderamiento» femenino. Eso sí, el haragán nunca será ni machista ni feminista, sino que creerá plenamente en la *igualdá*. ¿Alguna vez os han *contao* que la mujer se encarga de los *cuidaos* de la casa y se yergue como guardiana del hogar porque el hombre se encarga de suministrar los dineros *pa* la manutención y el alquiler o hipoteca? He *escuchao* muchas veces a lo largo de mi vida a hombres decir: «Que se vayan las mujeres a trabajar y yo me quedo en la casa». Pues bien, ha *ocurrío* (lleva ocurriendo toda la historia, pero es *mu* larga de contar aquí).

Las mujeres trabajan en la fábrica, cuidan en la casa. ¿Os acordáis de la crisis económica de 2008? Millones de hombres perdieron el trabajo en la construcción y los parques se llenaron de haraganes bebiendo litros de cerveza de marca blanca sin que pasara por su cabeza que había que poner una lavadora, mientras ellas iban de aquí *pa* allá como yeguas exhaustas. Eso sí, empoderadas y libres, no como las mujeres de Afganistán.

El haragán hace como que hace cosas, que ayuda, fanfarronea de tímidos amagos que simulan ser cuidados o colaboraciones domésticas. Estos tienen más intensidá durante los primeros meses del idilio y, a medida que avanza la relación y se consolida la dependencia, las aguas vuelven a su cauce y su culo al sofá. Hay haraganes de todas las clases, etnias, países y religiones. Es una figura apasionante porque ostenta todos los privilegios del macho alfa sin la responsabilidá de salir de la cueva a cazar. Es cariñoso con su dama, su mujer, a la que pública y discursivamente venera, y cuenta muchas historias sobre su esfuerzo, mérito y superación.

Toda mujer que mantiene a un haragán tiene la posibilidá de dar rienda suelta a la abnegación, *cuidaos* y entrega *pa* la que ha *sío educá.*

Esta Princesa India, que vivía entre dietas, tratamientos de belleza y ropa de la industria *fast-fashion pa* estar siempre a la altura de los cánones estéticos de su tiempo, era inmune, sin embargo, a uno de los peores defectos de la mujer del siglo XXI: la culpa de ser mala madre. Reconocía que se aburría tremendamente en su casa *encerrá* y la desesperaba el llanto y el requerimiento constante por parte del niño que había *parío.* Pagaba sin remordimiento a la *nursi* y siempre estaba dispuesta a ir de aquí *pa* allá como antes de dar a luz, *sobretó* después de que su amado encontrara un trabajo que lo sacaba de la casa. Esa fue tal vez la primera traición. Ella había *parío pa* él y él se separaba de ella so pretexto del trabajo.

Fui a buscarla adonde vivía y me esforcé por afianzar la relación. Años después confesaría que le pareció raro, que se creía que quería rollo con ella. En parte era *verdá,* algo de ella quería. *Everybody is looking for something.*

Ella sería, sin saberlo, mi cómplice y mi coartada. Mi aliada con la que salir, entrar y medir el grado de *factibilidá* de mis planes. Porque, si bien su cavilar no se salía de los márgenes, le encantaba dar viajes en globo por las afueras del orden *establecío,* con esa *tranquilidá* que da el saber que una tiene *ande* volver.

XV

¿Dónde están mis amigas?
Encerradas sin motivo (por amor)

Cuando volví de Perpiñán me instalé en el cuarto de mi *agüela*. Conforme vi que la estancia iba *pa* largo (después del accidente me daba cosa irme), me puse manos a la obra *pa* despejar mi antigua habitación. Saqué la ropa doblada, las perchas y todo lo que lo convertía en el cuarto de la plancha.

Tras acabar el trabajo me di cuenta de que mi cuarto ya no era mi cuarto. El olor de la casa en la que me había *criao* era diferente. Recorría las calles de mi infancia, que eran las mismas, al tiempo que ya nunca lo serían en ninguno de los planos de la *realidá* que conocía. El ayuntamiento, la cascada, el campo de fútbol, la fuente, la plaza, el pilar, el supermercado y el estanco. Creo que nunca había *entrao* al estanco sin culpa o alguna treta debajo del brazo. Como robar un cigarrillo del paquete que me mandaba comprar mi madre o comprar tabaco para mis amigas y decirle al estanquero que era para mi madre.

En todos esos lugares me topé con caras viejas y miradas nuevas. Vi alegría de verme y empatía sincera (por lo que había *pasao* en mi casa) en personas a las que había *crecío* envidiando u odiando por las crueles comparaciones de mi madre. La delgadez de una, la belleza de otra, las notas de fulanita, el buen gusto de menganita, la suerte de zutanica, lo *apañao* que es su novio, el coche tan tremendo... Lo ajeno, en los labios de mi madre, era tan espectacular que aprendí a despreciar lo propio y a conformarme con las migajas mientras detestaba a cada una de las personas que ella mencionaba. Ahora volvía a encontrarme con ellas.

Siempre más pequeña, más fea, más gorda y menos *afortuná* que cualquiera. Siempre tuve miedo de encontrármelas y que mi fracaso se hiciera manifiesto en el pueblo, convirtiéndose en objeto de burla y vergüenza *pa* mi madre. La desgracia que me condenó a enfrentarme con esos fantasmas, paradójicamente, también me liberó de la *crueldá* del relato materno.

En conversaciones cotidianas, comentarios cómicos y confesiones furtivas en el bar, los baratos (mercadillo) o el parque, iba descubriendo que la visión que cada una teníamos de nosotras tal vez distaba *muncho* de la que tenía el resto. Porque las agujetas de reír se pasan y la cicatriz de algunas heridas permanece. Seguramente, sus madres a ellas también las humillaban en casa a costa de halagar a las que tanto criticaban en la calle.

Poco a poco fui reconociendo en las amistades de mi infancia la *personalidá* impuesta por nuestro sexo, los gustos y el futuro *acordao*. Un uniforme de talla única: falda para las niñas y chándal para los niños. La vida de ellos era como la de cualquier hombre alrededor del planeta en un mundo patriarcal: vivir *cuidao* por su madre hasta que pasaban a ser *responsabilidá* de su mujer. Fútbol, *play*, cochecitos y mando de la tele.

Encontré a mi amiga Hanan con la cara lavada y una ropa triste de adulta que desentonaba perfectamente con su estilo de cani adolescente. El matrimonio con el último novio del pueblo le quitó la rebeldía. Yo también crecí sabiendo que el genio se quita a fuerza de hostias. Pero jamás imaginé a mi Hanan *asín* de sencilla. Ella, que siempre había *llevao* en los párpados el cielo *cuajao* de luceros.

La visité en su casa *decorá* en tonos marrones y chocolate, como la casa de su tía en la que se crio. Me entristeció porque pensé que había algo de esa *oscuridá* en su vida. Ciertamente, siempre hubo algo lúgubre en su alma de niña huérfana y *recogía* por *piedá*. Con una mueca tensa de sonrisa, me contó anécdotas de su día a día como las que se cuentan a las amigas. Pero no porque yo fuera una de ellas, sino porque no tenía a nadie más a quien contárselo. A *mitá* de uno de los cientos de relatos mutilados que me sirvió junto al café, se calló y quedó quieta como la gacela que siente los pasos de la hiena.

—Ahí está —dijo, e hizo con los ojos un gesto muy suyo que yo no recordaba, pero que siempre reconocería propio de ella cuando lo viera.

Venía su *mario*. Volvieron otros movimientos típicos de la infancia. Se le borró el rojo de las mejillas. Me envolvió una fuente de natillas en papel de plástico para que la llevara a mi casa, por lo del accidente y eso. Se despidió y me dijo que volviera por las mañanas, que estaba «más tranquila». Salí a la calle bajando las escaleras, *andé* treinta metros y al volver la esquina apareció su *mario* con la moto. La gacela no tiene tan buen oído como tenía la Hanan.

Al presentarme con las natillas mi madre me preguntó por ella.

—Mamá, ¿a ti te *paece* que el *mario* de la Hanan tiene la mano corta o larga?

Entonces la pena suya se convirtió en desprecio y en ira contra mi persona «por estar siempre igual». Sin duda, según ella, el problema era mío de no haber *consentío* a querer lo que todas tenían. ¡*Pa* una vez que saldría victoriosa en la comparación! Pues no tenía yo un *marío* que me pegara. El problema era mío, decía mi madre, porque como yo no me había *casao* me creía que todos los hombres eran iguales.

—¿Iguales a quién, mamá?

—...

Vuelta a las haciendas femeninas que tanto nos quitan de pensar, que tanto nos cansan *pa* vivir.

¿Cuántos días pasaron cuando volví a ver a Hanan? Estaba enzarzada en una conversación con otras mujeres, madres y abuelas paternas del AMPA, sobre un tema que parecía de vida o muerte. Ella llevaba la voz cantante con entrega y dedicación, como si fuera el único lugar en el que mandara. Me saludó de soslayo y ninguna de las veces siguientes reiteró la invitación de la visita.

Cuando éramos jovencillas su *marío* era mayor que nosotras y siempre estuvo *enamorao* de ella. Pero *pa* Hanan, que siempre quería el papel principal, este chico sin carisma no era lo suficiente protagonista en las peleas de gallitos informales en las que se convertían las reuniones de los jóvenes del pueblo. Aunque sí azuzaba a otros para que pelearan.

Él la vio salir con unos, con otros, con su primo y con su hermano. Parecía que cualquiera era más elegible que él. Se curaba las heridas diciendo de ella que era una fulana y una mengana, como todas, aunque no perdía el tiempo de rondalla tras cada ruptura. Le ofrecía un consuelo, siempre sin éxito, pues antes de que cuajara llegaba otro buitre.

Llegó a tener una novia, la única que se le conoció, de quince o dieciséis años cuando él rondaba casi los treinta. Se conocieron en el pueblo de ella, *onde* él echó una temporada en los espárragos. Casi treinta años él y quince ella, pero lo importante era que se querían. La niña venía *enseñá* a barrer, guisar y limpiar. Acompañaba a su suegra a las faenas matinales. La suegra la exhibía con el orgullo con el que se exponen los logros de los vástagos. Por las tardes, la niña se arreglaba *pa* salir con su novio de treinta años a la plaza en la que se reunía la *juventus*, *pa* que *to* el mundo viera lo guapa que era la novia del Arón. «Estaba *güena*», decían ellos. Ganó muy buena fama de mujer «como tienen que ser las mujeres».

La noticia llegó a oídos de la Hanan, a la que ya no le quedaban novios que echarse en los alrededores para refugiarse, en sus relaciones, de las órdenes y los insultos de su tía, quien le aseguraba que por puta y por mala nadie la iba a querer. Fue enterarse la Hanan de que el Arón tenía novia y en un par de meses la niña se volvió a Navarra cojeando y con la cara hinchada. La suegra se quedó sin su juguete y él tardó cero coma dos en meter a la Hanan en la casa. No en la de la madre, sino en la que tenía a nombre suyo, una de esas de protección oficial de la Junta de Andalucía. De allí no volvería a salir mi amiga. En esta misma casa fue *onde* la visité solo una vez.

Pero el destino le dio a Hanan dos hijos varones que en el futuro limpiarían la honra de su madre a costa de la de las hijas de quienes fueron novios de ella. Todo a su tiempo.

Mi amiga Hanan siempre tuvo complejo de ser gorda. Yo también estaba gorda, pero a ella le decía «gorda» y a mí «rellenita que *me se* quitaría cuando diera el estirón». Por eso, cuando la descubrí *delgá*, supe que *pa* ella se trataba de una victoria. Suelen acomplejarnos nuestros dones porque nos hacen diferentes de la masa gris y censora. El éxito de mi amiga con los chavales durante la adolescencia y con las aventuras lúdicas de nuestra infancia residía precisamente en lo gorda que era. Porque ocupaba el mundo del que merecía ser soberana. Con la pérdida de las carnes, la grasa y las lorzas también perdió algo de ella. Perdió a esa niña que no se resignaba a ser la sobrina de nadie, ni la novia pasiva de otros, sino la dueña de *tó*, el sujeto activo en cada roneo y en cada juego de muñecas. Me figuré que tenía que ser *asín* de delgada *pa* coger en ese mundo al que ahora pertenecía, y del que tanto soñábamos con huir cuando éramos pequeñas. Si ella no se *fuera juntao* con el Arón, *fuera sío* mi cómplice.

Luego estaba mi amiga la Paqui. *Ende* que salí del pueblo ninguna de las veces que volví la vi. Hasta esta vez, que ya fui a quedarme una larga temporada. De ella toda la vida decían que no era muy guapa pero que tenía muy buen cuerpo; además era muy lista y aplicada. Sacó estudios y se quedó fija en la empresa *onde* hizo las prácticas. También se casó con un hombre: su jefe, un empresario *divorciao* de una «mala mujer» que solo lo quería por sus dineros, o eso decía la madre de la Paqui. Ella, al contrario que la Hanan, sí salía a la calle. No se perdía un evento con su parejita de hijos impecables. Ella reluciente y su *marío* elegante. A veces, *pa* la Candelaria o las Cruces, venía el otro hijo de su *marío*. A la hora que correspondía, ella se volvía con las tres criaturas a la casa mientras el empresario echaba la última copa.

Fui a su casa preciosa, clásica, de revista. Me sirvió un café pero ella no tomó ninguno porque ya se lo había tomado. Otras veces coincidí con ella en la terraza del pueblo, *onde* yo llegaba con el primo Ramón y siempre me ofrecía su tapa. Seguía mis conversaciones con verdadero interés, pero los ojos se le iban detrás del *marío,* quien parecía que era el alma de la fiesta. Todo lo que rodeaba a mi amiga era de etiqueta: la casa impoluta, el trabajo fijo, el *marío* con dineros, un niño y una niña. De perfecto era abrumador. Estaba *rodeá* de toda la belleza que le faltaba en la cara, según el veredicto popular. Yo nunca la vi fea. Siempre me cameló el entusiasmo con el que organizaba el grupito para hacer los deberes en el recreo.

Otro día vi a su madre en la farmacia, quien siempre se alegraba de verme. Iba a comprar las medicinas de su hija. Le pregunté si estaba mala y me dijo que no, quitándole importancia: «Son las pastillas *pa* la regla: naproxeno y lorazepam». Lo normal en una mujer adulta, funcional y perfecta. Le comenté a la que me parió la suerte que había *tenío* la Paqui y me dijo que sí, abriéndome en canal con el filo de su *mirá.*

De mi amiga Paqui, cuando éramos chicas, me cautivaron sus ganas de llegar más allá. Había veces, durante la época del colegio, que nos juntábamos por las tardes para ampliar deberes extra de los temas que nos interesaban, sobre todo de Conocimiento del Medio. *Pa* que el diablo no se ría de la mentira, los temas me interesaban a mí y ella siempre parecía complacida de seguirme en una tarea que implica dedicación y *minuciosidá,* y que culminaba con el reconocimiento de su madre y las maestras. Todo ese talento ahora tenía un pozo sin fondo al que caer y agotarla sin reconocimiento: el hogar.

Reencontrarme con mis amigas y reconocerlas me iba formando una imagen más holística del mundo que habitaba la madre de mi niña y mi niña misma. Ese que pretendía asaltar *pa* salvarnos de la barbarie. Encontrarlas en sus vidas adultas, con sus dones de infancia puestos a disposición de los hombres, me apretaba la caja torácica por los costados. Me dibujaba una mueca rara en la cara que no acababa de romperse en llanto.

Antes de permitirme el consuelo de las lágrimas, recorrí un tumultuoso camino de ira por el que iba acusando a quien en él me encontraba de ser cómplice colaborador del mal del mundo. Del mundo que nos relegaba a un segundo plano por ser mujeres, sin *necesidá* de estar en Musulmania ni en ese famoso país llamado África. Aquella ira, que quebró en mil formas de tristeza, se achacaba a que yo conducía el coche en el accidente de tráfico *onde* dos personas de mi familia perdieron la vida. Sí, y también la forma tan violenta que tuvo la vida de ponerme sal en la herida. Una herida que yo me empeñaba en curar con fármacos sin farmacia ni receta, como hacían los hombres. Me parecían infinitos los motivos de mi quebranto. ¿Cómo no iba a estar triste con lo que pasa alrededor de mí y en el mundo que *me se* metía dentro? Aquellas barraqueras ahogadas en la penumbra del cuarto, porque la luz del sol me asfixiaba y la *claridá* me desquiciaba. Cuando el cuerpo dejaba de llorar (fisiológicamente solo es posible llorar durante doce minutos), gritaba. Luego empecé a salir a ver si mataba la pena, ya que la pena no había *sío* capaz de matarme.

XVI

Un plan de hombres

El primo Ramiro era un hombre seco de cartón piedra, *renegrío* de intemperie. Ese caballero, después de correr el cerro que es el mundo, volvió a la madriguera del hogar con una mano delante y otra detrás. Pero ni un segundo *perdío*, o eso parecía, porque no sabía leer ni escribir pero chapurreaba varias lenguas *aprendías* en el *talego*, *onde* cumplió condena por violencia de género. Tenía un par de hijos que no veía y a los que no les pasaba la manutención.

Casi nunca hablamos de *ná* de eso en los ratos que pasábamos dándonos *compaña*. La *compaña* se la daba yo a él a cambio de información que soltaba como si no tuviera valor, pero que a mí me parecía fundamental *pa* la consecución de mi plan. Me era menester conocer el colegueo del pueblo, las enemistades, los planes y la rutina.

Con el tiempo me daría cuenta de que *to* era más sencillo que eso. Pero, ¡qué injusticia juzgarme con la experiencia de hoy! ¿Quería yo ganar tiempo para posponer lo único que tenía que hacer? Lo único que tenía que hacer era agarrar a mi niña y meter, detrás de nosotras, fuego a la aldea. En lugar de eso, decidí sumergirme en el micromundo del pueblo. ¿*Pa* qué engañarme? También quería hacerlo.

Durante mi niñez veía salir y entrar a mi hermano de casa sin hora de vuelta y sin ofrecer explicaciones de sus andanzas.

Siempre me figuré que yo haría lo mismo cuando tuviera su *edá*. Hasta que la tuve y entonces, lejos de tener más horas de calle y zancajeo, *me se* acortó el largo de la cuerda. Empezaba a ser una mujer y había que tener el triple de *cuidao* (¿de los hombres?). Al iniciar mi *pubertá* se acabaron los juegos en la calle con otras niñas y niños hasta un rato más de la medianoche. Los comentarios de las mujeres de la familia y del vecindario sobre mi cuerpo se hicieron cada vez más abundantes y enigmáticos a mi entender recién *salío* de la infancia.

Empecé a escuchar juicios y rumores sobre mozuelas del pueblo, agresiones y comentarios de que se lo merecían por estar con quien no debían, cuando no debían y *onde* no debían. Y lo peor, ¡esas familias! ¿Cómo habían *dao* lugar a que esas jóvenes hicieran lo que hacían?

Yo no entendía *ná*, y tal vez esto fuera lo peor porque, a falta de saber, imaginaba. El terror crecía cada vez que escuchaba en boca de un hombre los pronombres «esa» o «ella». Un miedo que casi treinta años después aún me sigue acompañando.

Intentaba cumplir las normas, llegar a mi casa a mi hora y guardarme de hacer *ná* de eso. Pero no me privé de hacer lo otro. Dio igual. Me tocó. Hubo rumores sobre mí que llegaron a oídos de mi tía, quien entró a mi casa a maldecirme dando por *sentao* que *to* era *verdá*. Se tensó aún más la cuerda. Descubrí que era la regla y la culpa, y que la sexualidá femenina era un arma arrojadiza contra las mujeres (aunque no tuviéramos vida sexual). Mi cuerpo era una celda en la cárcel del pueblo de la que tenía que salir.

Por cierto que los rumores eran falsos (aunque hice cosas peores) y que seguro que quienes los lanzaron fueron los mismos hombres que, por *separao,* intentaron sacar de mí algo que no consiguieron. Por lo que orquestaron una venganza que les pareció legítima. Además, contaban con el apoyo y la confianza de sus novias.

¡Ay, las novias! Aquellas reinas que fueron *elegías* por los chavales de las motillos. ¡Qué efímera fue su fortuna y qué mal eligieron el reino! ¡Cuánto debe de pesar la corona *pa* que les *haiga provocao* la joroba que las inmoviliza! ¿Por qué nadie les dijo que la motillo dejaría de ser un éxito a los veinte *pa* convertirse en una condena? ¿Quién me lo dijo a mí? Hay cosas que crecen dentro de una sin que *naiden* las *haiga* sembrado, como *Dios mía*.

¿Estoy siendo soberbia en mi juicio? Había muchas salidas. Una era salir. Otra, echarse un novio con el que quedarte o con el que salir.

Yo salí. Salí y me perdí *munchos* caminos rurales que mis andanzas con el primo Ramiro me permitían recorrer, pues ahora era autónoma y, si no tanto como un hombre, lo tenía a él *pa* que hiciera de *marío* del camino.

Acompañaba al primo Ramiro a sus negocios de ida y vuelta. Allá *onde* llegábamos nos trataban como pareja. Él se apresuraba a desmentirlo hasta que un día le dije que dejara de hacerlo. ¿Qué más daba? ¿Acaso no le apetecía echar leña al fuego de la maquinaria de rumores? *Asín* era más *entretenío*. Su respuesta me hizo gracia, ya que a su entender, si creían que yo era su mujer y me iba con otro, iba a quedar como un venado. Me repuse con un as de la manga diciéndole que lo mismo y con suerte, si daban por hecho que era mi *marío,* por fin dejarían de revolotearme los buitres: los *maríos* de mis amigas de la infancia. Sonrió, se rió. ¿Qué entendería? No volvió a desmentir que fuéramos pareja y tampoco lo fuimos nunca.

Aquel *retorcíio* trato me daba una morbosa *tranquilidá*. Pues nunca acertaba en la elección de mis parejas sexuales; ellas eran siempre más hetero de lo que podían reconocer y ellos lentos de pensamiento, *aburríos* de respuesta, pasivos o cobardemente violentos. Miles de veces, tras cada decepción, me proponía quitarme de líos de alcoba y cuidarme del daño que me provocaba vaciarme en cada encuentro, perder tras apostarlo *to* al mismo número. Por mi bien, sería prudente alejarme del vicio del amor. Nanai de la China. Apenas veía una *mijilla* de esperanza volvía a las andadas.

Por mi parte, aquel tácito acuerdo me ayudó a evitar catástrofes sentimentales en el pueblo.

Mi *amistá* con el primo Ramiro era un acuerdo social presente. Cuando salí del pueblo nuestras conversaciones telefónicas eran parcas y atropelladas. No nos necesitábamos en la distancia, sino que nos acompañamos en la cercanía. Respondía a mis preguntas, pero ni a él le interesaban mis andanzas ni a mí sus quehaceres de los que una vez formé parte.

Había hecho contactos, tenía vida corrida y estaba limpio. Esto le confería una situación de poder *pa* con la gente del mundillo. El mundillo es la vida en B de quien no llega a fin de mes con lo que gana, de quien no quiere seguir intentándolo, de quien quiere sacarle *partío* a lo *muncho* o lo poco que en esta vida le ha tocado.

Si tenía que ir a ver un coche al pueblo de al lado, yo iba con él. En el camino nos tomábamos algo. Me contaba anécdotas que había *vivío* con mi padre en la juventud y de otros hombres de la familia, del pueblo y de la comarca. Me descubría ese mundo masculino al que se lanzaba mi hermano y que *pa* mí había *sío* un misterio durante toda mi vida. Porque nunca supe qué hacían los hombres del pueblo cuando salían, hasta que con el primo Ramiro lo supe.

Por eso digo: cuando decidí embarcarme en esas idas y vueltas lo hice por mí, aunque como buena madre patriarcal decidiera echarle «la culpa» a mi niña.

Mi *amistá* con el primo Ramiro disgustaba especialmente a mi madre. Como ella decía, no tenía bastante con lo que tenía que encima iba yo dando la nota. Yo le replicaba que mejor no habláramos de notas porque *pa* nota la que habían *dao* otros que ya no estaban *pa* escuchar la sinfonía. Esto la aterraba. El hecho de que pudiera manchar la memoria de su hijo muerto la hacía pasar por cualquier aro. También ayudó que la Princesa India hablara del primo Ramiro como un hombre *reformao* que merece una segunda *oportunidá*. Yo solo quería las llaves del reino.

La mala fama que envolvía al primo Ramiro no era la condena por violencia de género, porque a saber qué había hecho la mujer *pa* que él pagara con cárcel. El problema del primo Ramiro era que nunca se sometió a entrar a trabajar *pa* el cacique del pueblo. Tenía tanta confianza en que el sustento llegaba *onde* estaba el cuerpo que ponía todas las cartas sobre la mesa de los tejemanejes políticos de un ayuntamiento de pueblo. Y su rebeldía ponía en evidencia la cobardía del resto. Claro que, si no se hacía responsable de sus hijos ni de los *cuidaos* de *naiden,* tampoco le apremiaba tanto el dinero. Él, como *munchos* otros, cayó en la droga y se recuperó sin someterse al Valium y la metadona. ¿*Pa* qué estirar el chicle? A mi madre no le parecía normal que una mujer y un hombre andaran en compañía, y menos sin ser novios. La idea de que pudiéramos serlo la aterrorizaba. ¿Cómo podía rechazar con esa fuerza a una persona que tanto tenía en común con su hijo? Tal vez fuera por eso.

Por su forma íntimamente cotidiana y diaria de vivir la vida, sabía que la Princesa India se llevaría bien con mi madre. De vez en cuando la traía a la casa *pa* que su hijo y mi niña jugaran, mientras nosotras nos empleábamos en tareas que *pa* mí eran tediosas y *pa* ella exóticas, como limpiar tripas, hacer conservas, roscos y pestiños melados.

Luego empezaron a llegar los combinados de bebidas espirituosas en la casa y, más adelante, un ratillo en el bar hasta sumergirnos de lleno en las noches del pueblo y otras junglas masculinas adonde acabé encontrándome a los *maríos* de mis amigas: a los buenos, los celosos y los tímidos.

A la luz de la luna se libera la lengua, se desatan los misterios y se desvelan los más verdes avenates. Era en la noche *onde* yo mediría el pulso a mi plan. *Onde* descubriría flaquezas y heridas y recogería el material *pa* los sobornos si *habiera* que llegar a eso (aunque siempre lo tuve como primera opción), porque retomar el contacto con las amigas de mi infancia me demostró que, si yo quería que la madre de mi niña tomara una decisión, a quien había que convencer era al novio de turno. Malinche me ofrecía una coartada, el primo Ramiro información. Ya iba quedando menos.

XVII

Echar atrás y coger carrerilla

La tía Hafida era una mujer gorda que vivía en una casa baja con un patio delantero *onde* lucía un níspero que era la alegría de la calle. Me echaba la mano izquierda encima *pa* asegurar mi atención mientras que alzaba el dedo índice de la derecha, como si fuera a entonar un fandango o a recitar la *shahada*, *pa* asegurarme que si Dios no *fuera querío*, en el accidente no *fuera fallecío naiden*. Luego añadía que la muerte no era más que un paso a otro nivel. Cíclico y no lineal. Ella me brindaba consuelo. Hablaba sin par o se callaba de golpe, susurraba conjuros mientras pasaba entre sus dedos las cuentas del rosario y siempre me contaba anécdotas de lo *muncho* que mi *agüela* había hecho por ella. Pasaba a visitarla algunas tardes y otras me llevaba a mi niña *pa* merendar allí.

En su plática había *muncho* trigo y mucha paja. De lo primero me alimentaba, con lo segundo rellenaba el colchón en el que descansar de mi hogar y de mi plan.

Ella conseguía, sin proponérselo, tambalear mis creencias de infancia, esas de las que había *ío* haciendo acopio a lo largo de los años y se habían *acabao* convirtiendo en los barrotes de mi *trena*. A veces me quejaba con ella de los pesares difusos y generales que me provocaba vivir en el pueblo y el júbilo que me robaba tener a la familia cerca. Me desahogaba sobre las ganas de luchar contra el sino femenino, el gozo y *to* eso.

97

—Una es feliz —me decía— cuando está descansada, cuando cumple con lo que tenga que cumplir, cuando se despeja —llevaba la cuenta con los dedos de la mano—. Y triunfa cuando tiene miramientos por su persona. A mí siempre me ha *gustao* alegrar el agua con anís y eso me ha *evitao* maltratar *muncho* a las personas mayores de las que me he hecho cargo. Al yo haberme *quedao* soltera, las cuidé a todas. Cuando las estaba atendiendo, además de estar con ellas, tenía que lidiar con su vida, su carácter *curtío* y las manías encalladas. Yo tenía tantos problemas que no sabía ni nombrarlos, me comían las preocupaciones y no me faltaba de *ná*. Podía haber *pagao* mis *duquelas* contra ellas, pero ¿qué culpa tenían las criaturas tan viejas y pellejas? Ninguna, ¿no es *verdá*? Pero si yo no me *fuera permitío* el chorreoncito de anís en el botijo y otro poquito en el café, ¿quién *fuera pagao* el pesar que me ahogaba y que ni yo misma sabía de dónde venía? A mí, esos descansos *pa* mí *na* más, acompañados de un buchito fresquito y sin esto de culpa —se pellizcaba las paletas en un gesto rápido sacando el pellizco hacia delante— me salvaron de ser una loca mala. —Se llevaba la mano derecha de un hombro a otro varias veces, tocaba madera y seguía contando—: Yo, a mi madre nunca la vi descansar, y crecí creyendo que ella no podía descansar porque nosotras éramos pobres. Luego me fui dando cuenta de que era porque no quería.

Mientras tanto, mi niña se aburría y ella le sacaba revistas *pa* que recortara lo que más le gustara y luego lo pegara en un papel.

—Te voy a contar; con quince años entré a servir a la casa de una *señorica* que no le pasaba *ná* y le pasaba de todo (de ella aprendí yo el diagnóstico mío). Tenía una niña chica que no hacía más que dormir y un *marío* que salía al amanecer y volvía por la noche con cena comprada en un mesón (que luego supimos que era de la querida). Quiero decirte que tenía la vida resuelta y haciendas las mínimas; y si hacía falta algo, *pa* eso estaba yo. Las más veces yo limpiaba sobre limpio. *Güeno*, pues tenías que oírla quejarse; hasta agua de hierbas tomaba *pa* dormir porque decía que los nervios y el cansancio no la dejaban descansar por las noches. Estar locas, malas y sometidas es el credo de las mujeres de estos tiempos. Payas, cristianas, moras y gitanas. No hay la que se libre, ni rica ni pobre. Ya has visto que *pa* muestra un botón.

Seguía teniendo que salir de allí y sacar a mi niña *pa* salvarme. Mi niña creció en la casa de mi madre. Pues su padre era un corsario de la vida y su madre lo perseguía por las mareas bravías y los anchos mares. Tras la ruptura definitiva de la pareja, la madre decidió ponerse en su sitio y negar a la niña el derecho a volver a la casa en la que se había *criao* y decía con la boca llena que «la niña tenía que estar con su madre, que *pa* eso la tenía». Esto me lo contaba mi *agüela* por teléfono mientras yo intentaba poner tierra de por medio recorriendo las capitales europeas, posponiendo el porvenir.

En una de estas llamadas sugerí a mi *agüela* que intentara que mi madre se hiciera con la custodia de mi niña por si pasaba algo. A mi madre le pareció una locura y con la boca tan llena como su nuera decía que «la niña tiene a su padre». Qué cosa, ¿no? Que siempre se nos llene la boca describiendo una *realidá* vacía.

Hasta que, en uno de los divorcios exprés, cuando la custodia le tocaba al padre de la niña, a este lo cogió en el calabozo. Tres días allí *metío* porque se lo llevaron un viernes. Entonces la madre dijo que, si el padre no estaba, ¿a dónde iba a ir la niña? Tenía razón, al tiempo que sabía que el padre nunca se encargó de la niña y que fue siempre una labor de la abuela, contra la que sin duda iba dirigida la maldá. Bien sabe *Dios mía* que *ende* mi tierna infancia aborrecí con *toa* mi persona, chica o grande, el dicho de «no hay mal que por bien no venga», pero al final, mira.

De aquella mala inquina, tan propia de las que paren, salió el as que luego me escondería en la manga. Mi *agüela* supo traer a colación la idea mía que un día fue tomada por disparate. Al parecer, en once días estaban ante la *autoridá* competente firmando los papeles que liberaban a mi niña del vertiginoso culebrón *onde* se jugaban la *libertá* su madre y su padre.

¿Dónde me pilló *to* eso a mí? ¿En Andorra, en Perpiñán, en Barcelona?

XVIII

Amor de madre

Lo que peor llevaba eran los días de resaca. No voy *a* mentir diciendo que tenía el cuerpo como *pa* bajar al bancal a por naranjas o subir *cargá* de leña, pero lo que más me torturaba era el sisear de mi *sentío* barruntando caídas y hecatombes, tañendo culpa y tristeza en mi existencia, como las campanas de la Giralda. ¿Acaso me creía yo un hombre *pa* divertirme la noche entera? ¿Qué clase de buena mujer o santa madre vela las madrugadas hasta más allá del amanecer? Menguaba mi persona en este martirio y los cimientos del castillo se encharcaban de lodo corrosivo. Era entonces cuando me entregaba al propósito desmesurado de enmienda, imploraba el perdón y me sometía a penitencia. Cuanto más negaba, más fuertes se hacían las ganas, más arrolladora la ansiedá y más profunda la trampa.

Yo nunca había tenío resaca porque beber era de cristianos. De hombres cristianos. Si de *rapagona* bebía de aquel licor de los viejos, luego no lo probaba porque no era para mí. Asalté el mundo y las fronteras del pueblo sin probar una gota de *bebía*. ¿Qué me dio a mí para coquetear con ese vicio?

Al principio aquellas noches de jarana las justificaba porque iba buscando un plan. Salir sin beber es un canteo en el Reino Borbón, *asín* que una copilla aquí, una jarra allí. Mientras me mezclaba con la fauna rural. Supongo que la droga es más dura que una y si de primeras tenía un propósito, luego reincidía por puro vicio.

Trabajaba de lunes a sábado en la planta embotelladora que estaba secando las entrañas de la comarca. *Ende* el jueves por la tarde me juraba y perjuraba que ese *finde* no saldría. Enfadá y huraña rehuía, mal contestaba, juzgaba con desprecio y me atormentaba casi tanto como el lunes cuando me despertaba para volver a la fábrica.

Desajustes en la regla me hicieron echar los pies a tierra.

¿Qué estaba buscando? Salir, el rollo de siempre, ya no tenía *sentío.* ¿Qué pintaba yo allí *onde* me metía? La huida me había empujado a un camino en cuyo tránsito me desgastaba. A partir de la segunda raya la noche se convertía en un *videojuego* cuyo objetivo era buscar más.

Entendí entonces por qué «no legitimaba mi derecho a la resaca»; me estaba engañando. Lo que deslegitima, sabiamente, era elegir la droga antes que elegirme a mí.

Sí, era normal que quisiera escapar del hoyo en el que había *caío.* Lloré. Lloraba doce minutos diarios, a la ida o a la venida del trabajo.

Al llegar a casa veía a mi madre y me preguntaba cómo escaparía ella de la pesadilla de la existencia. Empecé a entender su afán de control, las tardes enteras frente al televisor quieta como una gárgola. Cambió mi forma de verla, pero sentía más compasión por mí que por ella.

Llevaba puesto el automático casi dos años. Tenía ahorros y cotizaciones. Me quedaba encontrar la garantía de que la madre de mi niña no me jodiera la marrana.

La muerte del niño chico la había *colocao* como protagonista de la obra trágica que era la vida en el pueblo y disfrutó *muncho* su papel. Porque cuando a una mujer se le muere el padre es huérfana, cuando se le muere el *marío* es viuda, pero ¿cómo se llama cuando se le muere el hijo? Por eso no hay palabras porque ninguna debería vivirlo. ¡¿Qué no pasaría la Virgen María viendo a su hijo en la cruz?! Por eso se volvió tan devota. Tanto que hasta se bautizó.

«La procesión va por dentro» —me hartaba escucharla repetir dichos contradictorios entre sí al son que le convenía—. A ella podían verla muy normal en el súper o en el bar de la piscina, pero cuando llegaba a su casa no la veía nadie. Decía ella para autocomplacerse. ¡Claro! ¡Claro que salía! A ella le quedaba otra hija a la que tenía que criar y a la que no se la iba a criar nadie. Se le llenaba la boca con *to* ese discurso vano y se notaba cómo se derramaba en egolatría ante la compasión que despertaba en sus interlocutoras, las vecinas del pueblo, por lo mal que lo estaba pasando, por la mala suerte que había *tenío*.

Y la suerte que ella tenía era su *marío*, la pareja que la apoyaba, quien le descubrió la fe cristiana, la católica de los reyes y las majestades. Con su pareja ella tenía derecho y obligación de salir un día. Uno, dos, un ciento, dos millones. El pan nuestro de cada día, que acercaba cada vez más a mi niña a mi casa (que en *realidá* era también la suya).

Cuando venía de la casa del novio de la madre, del *marío* que decía la loca, y al que una vez la sentí llamarlo su nuevo papá, venía con el sueño *cambiao*. Traía los ojos *apagaos* y el grito *cargao* en la comisura de los labios, como si a voces pidiera que la rescatara.

El novio, apodado *marío* en la fiebre del amor, era la clase de fantasma gilipollas que tanto abunda por la zona. Conocer a la mujer lo salvó de la *soledá,* porque hacía ya años que sus amigos se convirtieron en deudas, problemas y *malentendíos*. Además, una casa con una mujer no es lo mismo que una casa sin ella. Le gustaba trabajar poco pero le encantaba echarle el dinero a las tragaperras y a cualquier vicio perecedero que lo llevara rápido a ningún lugar. Prefería echárselos a la máquina que dárselos a la zorra de su exmujer *pa* que se los gastara con otro.

En su entender no se le ocurrió que tal vez «el otro» era el hijo al que desatendía. Al parecer tenía otra hija con una joven de Rincones, el pueblo de al *lao*. Me enteré de ese secreto a voces a la luz de la luna y me hicieron los ojos chiribitas, aunque decidí repasar los números antes de cantar bingo.

Esto si no lo explico no se entiende. Mi niña era de su madre y su madre era de su media naranja de turno. Si cuando yo dispusiera de salvarme a mi niña la madre se interponía en nombre de la patria potestad, yo no tendría reparo en sacarme de la manga el as del amor romántico. *Tavía* no *me se* entiende, pero lo que yo vi hacer a mi niña era criminal. Todas las cábalas que hacía acababan por enloquecerme.

Mi niña era de su madre. Cada vez que por hache o por be teníamos que vernos o alejarnos, ella usaba el amor legítimo que su niña le profesaba como arma arrojadiza contra quienes querían a la criatura y la despreciaban a ella. Contra mí, sin darle más vueltas.

Claro, yo intentaba mantener las distancias con ella, pero era inevitable encontrarnos. Era inevitable chocar porque íbamos por la misma carretera, a toda velocidá y en *sentíos* contrarios.

Esa mala golfa, antes de dejar a la niña con ella, le preguntaba a «la menor» cuánto iba a echarla de menos. Ponía cara de *chienne batûe* y sembraba en mi niña la culpa de ser más feliz que ella. Cuando el falco cónyuge desaparecía, usaba a la niña de compinche para salir a buscarlo.

Un viernes, casi a medianoche, llegué a la pizzería del pueblo *onde* nos juntábamos lo peor y más *desgranao* de la zona. Me encontré a mi niña sentada en una mesa frente a una Coca-Cola, con la cabeza hundida en la pantalla del teléfono. «¿Qué haces aquí?», le pregunté. Me dijo que había *venío* con su madre, quien estaba en la barra recién reconciliada con el ludópata con el que se había *juntao*. Me invadió tanta pena que desarrollé reacción alérgica a la composición a base de anfetaminas que tenía en el cuerpo. La siguiente vez que la probé, vomité hasta la primera toma de teta.

La noche que me encontré a mi niña desangelada tras una madre que la utilizaba a su antojo, enseñándole a golpe de ejemplo su lugar en el mundo, podía haberla *matao*. A las dos. A una por coraje y a otra por *piedá*. Pero la jodida incubadora humana sabía que no haría casi *ná* que pudiera herir a la niña. Me sonrió enganchada a la cintura del otro y le preguntó a su hija: «¿Te quieres ir hoy a dormir a la casa de tu papi? Venga, vámonos». La cogí y nos fuimos. Esa noche lloré abrazada a ella como lloraba sola cuando tenía su *edá*. Le dije que lloraba porque, antes de llegar al bar con el coche del primo Ramiro, habíamos *encandilao* a una liebre que, *atolondrá*, se había *metío* tras la rueda y había *huío malhería* por el secano sin que yo pudiera hacer *ná pa* ayudarla. Ella lloró también por la liebre. Lloramos las dos.

Empezaron a llegar los días en los que mi niña no me quería. La sorprendía con su vista larga buscando en mí eso que a su madre habría *escuchao* decir. A mí me sangraba la lengua de mordérmela *pa* no escupir veneno a la soberana manipuladora, maltratadora de infancias. Inocente y, a la vez, merecedora de todo lo que le hicieron para acabar siendo *asín* de mala.

De repente, por arte de birlibirloque, la niña no quería bailar, cantar, ni explorar conmigo el mundo. Quería la pantalla. A la más mínima le salía un resquemor de dentro que hacía más bulto que ella. Tan adulto era el quebranto que era imposible que ella lo *fuera engendrao;* sin duda se lo estaba custodiando a alguien. Cuando me acercaba, cuando le proponía la vida que hasta entonces habíamos *tenío,* en lugar de derretirse con inocente entrega, la asaltaba un nerviosismo típico de quien se sabe errando pero no identifica el error. Como le pasó a la Hanan cuando sintió de lejos la moto del Arón y sabía que él llegaba.

Hasta que un día se le escapó la frase que encerraba la clave de todas las respuestas: «mi mamá se va a enfadar». ¿Qué podía hacer yo si una madre es lo que más duele, sin tener que doler? Le propuse entonces hacer algo que no enfadara a su mamá y su carita se puso del color de la cebolla antes de derramarse el puchero de la olla a presión que debía ser su sentir *pa* llorar *asín.* Después de llorar, preparamos una merienda en forma de cielo *estrellao* y sonrisas.

Fue una de tantas tardes en las que asesiné mis ganas de decirle cuatro cosas sobre la azalea mala que la había *parío;* que era una cruel manipuladora, lagarta rastrera, bicha venenosa, abusona de infancias. Pero eso solo la confundiría más. De su destino debiera de darse cuenta ella misma. Cuando recordara su infancia, a la sombra de la madurez del tiempo, quería yo aparecer en su memoria como alguien que se anudó la lengua y, en silencio cómplice, acunó sus colosales *duquelas.*

Ni que decir tiene que estas escenas me hacían trizas las entrañas. La querencia me llevaba por la vereda que juntaba mi indigencia con la del camello. Luego, cuando se acababan las bolsas y volvía a la casa, al cuarto del corral *onde* aprendí de astrología, mis ojos se hacían espejos. Me devolvían la imagen de la autoestima de mi niña en el almirez de su madre, y yo tamizando la molienda como principal compinche del infanticidio. Entonces, si mi madre o mi *agüela* se acercaban a ver si yo había *llegao,* las acusaba con la acritud más asquerosa y, tal vez, merecida. Echándoles la culpa. Evadiendo *responsabilidá.* Negándome que la droga era por mí y no por mi niña, como me decían los otros yonquis en el bar.

Un día la vieja, *callandico* como decía *to* lo importante, me recordó que estaba *onde* estaba y que allí las cosas eran *asín.* ¿Me estaba desafiando? ¿Qué quería decir? Sí, sabía lo que quería decir. ¿*Pa* qué lo iba a negar? No podía mantenerme en la zahúrda sin que *me se* pegara el hedor a marrano. Y si bien yo podría, más mal que bien, soportarlo, el tufo haría estragos en la *personalidá* de mi niña y su concepción del mundo.

Si poco me iba queriendo la niña a mí cuando su madre la quería, menos se quería a sí misma cuando su madre la abandonaba *pa* entregarse a vicios y amores.

Las estrategias, las ideas y los planes *me se* aturullaban en el cajón de los sesos, sin que pudiera distinguir el factible, del delito, del maniaco. Sí, sabía que demente era seguir como estaba, pero tampoco me atrevía a dar el paso de irme. La culpa aparece con el deseo. Que mi *agüela* me hiciera aquellas afirmaciones categóricas y *callandico* lo sentí como una legitimación. ¿No dicen que cuando una se legitima el universo empieza a confabular a favor? ¿Habrá *sío* esa la causa del alto al fuego? *XD.*

XIX

A río revuelto, ganancia de pescadores

Resultó que la *nursi* no era la prima del *marío,* sino la novia de toda la vida. Apenas el haragán consiguió el reconocimiento de súbdito del Reino Borbón, descubrió el pastel. Mi amiga sufrió. No tanto por perder al hombre —porque mientras estaba acompañada no lo necesitaba tanto—, sino por la humillación de haber *sío engañá.* La veía con los ojos *hinchaos* de pasar la noche llorando y cada amanecer tenía una nueva calentura en los labios. Se le vino abajo el castillo de cristal. Echar al novio y a la mujer de él no era bastante, porque de aquella farsa de amor en la que vivió quedaba un vástago cuya existencia le recordaba lo crédula y tonta que había *sío.* Resulta que no era el fruto del amor, sino una herramienta de ascensión social.

Toda el coraje, la ira y la *jirbia* que mi amiga sentía la iban conduciendo al puerto del racismo, que es el que tiene el faro más resplandeciente. Mira, sí; yo me afané *pa* que tomaran cauces hembristas.

Acordamos —porque ella acabó aceptando— que el traicionero traicionaba porque era hombre y no porque fuera de un lugar *determinao.* «Fíjate —explicaba— que la desgraciada de la supuesta prima se tuvo que tragar que él durmiera con otra, viviera con otra y saliera con otra delante de sus narices. ¡Hasta el punto de tener un niño y cuidarlo!». Eso él no lo *fuera aguantao,* ¿a que no? Era evidente que no. La *nursi* había *tenío* que medrar con *to* eso por mujer y, *pa* colmo, la Ley de Extranjería jugaba el papel de centinela en el orden patriarcal.

Esta fue la primera vez que mi amiga se regulaba las dioptrías de las gafas moradas. Luego vendrían los estándares de belleza impuestos, la cárcel de la moda, el yugo de los *cuidaos* y la trampa de los hijos y la custodia compartida. *Tavía* quedaba un largo camino por delante que abriríamos con el escudo de que todos los hombres son lo mismo. Esta teoría acabó ocupando todas nuestras conversaciones, reflexiones y bromas. Bajo este prisma empezamos a analizar la *sociedá*. Salíamos algunas noches, escuchábamos a los hombres en los bares, las discotecas y los *pubs* y, con las miradas, nos reíamos de las versiones de sus divorcios y la locura de sus ex, *pa* acabar ridiculizándolos antes de irnos.

¿Puede ser un buen padre alguien que es un mal *marío*? ¿Qué es ser buen padre? ¿Traer dinero? ¿Asistir a las reuniones del AMPA? ¿Salir al parque? ¿Responsabilizarse del suministro y la gestión de *to* lo necesario para las criaturas? ¿Acaso eso no era ser una madre normal? Si un padre no ha *cuidao* de las criaturas durante el matrimonio con la madre, ¿merece la custodia compartida? ¿Era la custodia compartida una forma de control de la vida de las mujeres? ¿Cuántos niños y niñas pasaban con sus *agüelas* paternas el tiempo de custodia que le correspondía a los padres? Pero, por otro *lao*, ¿cuántos hombres se traicionaban entre sí? ¿Por qué ellos se guardaban las espaldas los unos a los otros mientras que nosotras nos hacíamos la zancadilla? Sin duda, debíamos amigarnos entre nosotras, conocernos y protegernos.

Este eco feminista era música celestial *pa* los oídos de la Princesa India que, como toda mujer, se había *sentío* siempre tan sola y *aislá* en la espera eterna del príncipe azul. ¿Cuántos hombres se quedaban sin amigos durante sus relaciones de noviazgo?

En una de nuestras charlas colmadas de *complicidá*, confesiones y risas en su castillo sin príncipe, le dejé caer que quería salvar a mi niña de las garras asfixiantes y castradoras de su madre. Me advirtió que no sabía lo que estaba diciendo. Que hablaba sin conocimiento de causa. Que no tenía ni la más mínima idea de lo acaparador y lo duro que era criar. Nos metimos otra raya y seguimos hablando.

Su rechazo me tensó las *quijás*, me subió la temperatura de la *jeró*. Sus palabras convocaron mis propios demonios. Me crie en un entorno *onde* cualquier desgracia podía justificarse alegando que «las cosas habían *sío asín* siempre» y que las alegrías se ahogaban augurando que «después de la risa viene el llanto». *Asín* que el asombro de mi amiga avivó mis dudas sobre mi plan.

Ella, como madre, aseguraba que un hijo es lo primero y que la madre de mi niña sería incapaz de hacerle daño. Que *ende* fuera las cosas se ven muy fáciles. Cuando acabó su verborrea propia de tertuliana del periodismo amarillista, le pregunté si podría contar con su apoyo (aunque no entendiera lo que quería). Me lo garantizó y seguimos desplumando el ave.

Su apoyo volvió a diluirse cuando Cupido le lanzó una flecha. Otra. Pero para entonces yo ya estaría lejos del pueblo.

Paso a paso.

XX

Rubí

«¿Por qué no vamos un día tú, yo y la Malinche a echar café a Rincones?», le dije al primo Ramiro. Aceptó de mala gana porque decía que lo conocía mucha gente y que no tenía ganas de saludar, pero al final fuimos *pa* llevar a las criaturitas nuestras a los columpios. Eran las fiestas patronales típicas de la cultura morisca de la Andalucía rural y estaba *to* el mundo en la calle.

Era *verdá. Munchas* gente se acercó a saludarlo: hembras, machos, más jóvenes y más mayores. Entre todas, hubo una mujer que lo saludó con una *familiaridá* como si fueran pareja, y a nosotras con una *naturalidá* como si nos conociera de toda la vida. ¿Cómo se llama? ¿Lucía? Me cameló su voz y las alharacas con las que acompañaba las sentencias. Se reía ocupando *to* el espacio; fumaba puritos avainillados. En las vueltas por el ferial tomamos café, un carajillo, una copa. Jugamos a los dardos, al futbolín, echamos unos tiros a la escopetilla. Fuimos haciendo el *recorrío* típico de la función. Mandó la amiga —¿Lucía?— a mi niña a que recogiera una carta que había en el suelo, porque ella aseguraba no poder agacharse por la ciática. Se persignó cuando vio que era el nueve de oros: «Guárdalo, que llama al buen fario». Se persignó como las moras de Marruecos, de hombro a hombro. «¿El nueve? —le pregunté—. ¿No será el siete?». A mi niña le dio repelús cogerlo porque estaba *manchao* de polvo de la era y pisadas. «La buena fama que el siete tiene es la que el nueve le deja. El nueve es quien reparte la ventura del siete, la *creatividá* del cinco y hasta la magia del tres. ¡Y más de oros! ¡Madre de Dios! El mundo a tus pies. ¡Guárdatela!».

Mientras esperábamos a que salieran del colchón de saltar, medio susurrando, el primo Ramiro me señaló con la barbilla a una mujer recia, más bien baja, con gafas, que andaba con los pies hacia afuera. Me dijo que decían que su niño era hijo del novio de la madre de mi niña. Grabé su cara y su hechura en mi *sentío*, y se convirtió en la persona que más me intrigaba del universo.

Se llamaba Rubí, como la mejor amiga de su madre. Como una *casualidá,* un decreto o una gracia, la niña se parecía *muncho* a aquella mujer a la que debía su nombre. Pero, paradójicamente, *to* lo que la madre apreciaba en su amiga lo detestaba en su hija. ¿Cuál es la ciencia que dice que para que la tribu nos acepte tenemos que parecernos a ella?

La masacre de los toros gusta *ende* el palco pero intimida en el ruedo. Exactamente igual se sentía la madre de Rubí ante la imaginación, el atrevimiento y la soltura de su hija. Dicho *asín,* pudiera parecer que la envidiaba, pero esa mujer sencilla, obediente y callada solo quería proteger a su más *preciao* tesoro de los peligros que acechan en el mundo a las mujeres y las niñas que se señalan.

La madre de Rubí tenía la firme convicción de que ser normal, ser como *to* el mundo, aunque de primeras resultara incómodo, a la larga era más seguro. Pues por más doloroso que pudiera ser, al final no dejaba de ser un dolor soportable *pa* las mujeres, ya que la vida era *asín.*

Claro que *to* esto ella no lo pensaba; lo sabía por instinto (repetición centenaria). Educó a su hija en los valores que ella conocía y que colocaban a la niña Rubí en una situación de *subalternidá* con respecto al mundo. Creció con el estima *lacerao* y el ansia de ser guapa, delgada o, quizás, inexplicablemente aceptada. Pero su cintura era *demasiao* estrecha *pa* ser femenina; sus hombros *demasiao* anchos *pa* ser bajita; su humor *demasiao* mordaz *pa* ser niña. Demasía ella misma *pa* ser apreciada, deseada y querida. Además, como futura mujer, su infancia y adolescencia estaban atoradas de deberes que la descomponían y la negaban. Por eso ella renegaba, a su vez, del color rosa, del pelo largo y de los *vestíos,* ante la *mirá* despavorida de su madre, el desprecio doctrinante y los castigos aleccionadores a los que su madre la sometía por su bien.

La primera vez que padeció de jaquecas tenía diecisiete años. Ocurrió después de un episodio de violencia explícita que jamás le contó a nadie, *asín* que la causa oficial del dolor fue la exposición continuada a los químicos de los productos de limpieza. El médico le dio dos días de baja y le quitó, *asín,* la única salida del día que podía justificar ante su novio. Luego la despidieron. En parte se alegró, porque cada vez era más difícil defenderse de la imaginación de aquel hombre que un día se fijó en lo bonitas que tenía las manos. Sí, ella también lo pensaba, por eso siempre usaba guantes en cualquier trabajo y le gustaba mantener sus uñas cortas, naturales, sin esmalte.

Las manos son cruciales en la vida de las personas, pero pierden protagonismo frente a otras partes del cuerpo más prescindibles. Ese día se sintió *afortuná* de encontrar al que sería su novio. Un hombre que puso sus ojos *onde* ella miraba. Con el tiempo, la relación se fue convirtiendo en un laberinto *minao* de bombas que estallaban en cualquier momento. Por *muncho* tiento con el que se avanzara, por muy flojito que se diera el paso, era imposible establecer un detonante del mal humor, el enfado y las peleas. En el trabajo le decían que había *cambiao muncho*. Rubí empezó a escuchar a sus espaldas los murmullos de los compañeros, los cotilleos. Empezó a sentir las miradas, *asín* que el despido fue un alivio. Además, se suponía que, si ya no iba a trabajar, el novio tendría una excusa menos para enfadarse y un motivo menos para estar celoso. Ya podía entregarse al martirio de su relación amorosa y consagrar sus energías en protegerse de la creativa *maldá* de su novio.

El universo me la puso de compañera de línea en la envasadora. Estaba dispuesta a entablar conversaciones con ella, arrimar el ascua a mi sardina. En el trajinar frenético de todas las voces de mi cabeza a un tiempo, me parecía clave su rol en mi plan: convencerla de que exigiera la manutención de todos los años de abandono al padre de su niño. De esta manera, el hombre entraría en pleitos en los que arrastraría a la madre de mi niña, quien, centrada en la mala suerte de su amor, se desbordaría y pasaría de la niña.

Parece una locura, pero ya había *pasao* otras veces. Conforme lo digo me parece *demasiao* largo, *retorcío* y vergonzoso, pero entonces era lógico y asumible. Y como digo, no era la primera vez que los intereses de sus novios se anteponían al bienestar y *cuidao* de mi niña. ¿Alguien se asombra? En las sociedades patriarcales monógamas los intereses del hombre/padre/dios priman sobre los del resto de la familia/clan/tribu/*sociedá*.

Llevaba tanto tiempo metida en el pueblo, siendo parte de esa ficción, que estaba empezando a pensar como la gente de allí.

Alhamdulillah, de nuevo el destino quiso librarme de mí misma y, una noche antes de que cruzara el Rubicón de mi maquiavélico plan, atracaron el garito de la Naima. Y también el destino salvó a Rubí, que sigue siendo madre soltera y soberana. Sin ningún macho que, por mor de doscientos euros de la manutención, se sienta dueño de su vida.

XXI

Atraco al garito de la Naima

La Naima era nieta de la Gloria, de ahí le venía el nombre. Fue una de las tantas mozuelas, casi niñas, que a finales de los años setenta o principios de los ochenta se fueron a servir a los hoteles de Cataluña y las Islas Baleares.

Al inicio de la temporada, de la plaza del pueblo salían los autobuses *cargaos* de mujeres y hombres, aún menores de *edá* con autorizaciones de sus padres *pa* trabajar y al cargo de alguna persona adulta de la familia. A veces una familiar directa, hermana o tía; otras veces prima lejana, chacha —que es como se llama a las tías abuelas— o simplemente una vecina o la madre de una amiga.

Pa los hombres la soga se amarraba en largo, pero *pa* las jóvenes se ataba en corto. Las mujeres del pueblo que tenían bajo su cargo a vecinas o familiares *rapagonas* y mozuelas tenían el permiso de la madre y el padre *pa* pararle los pies cuando hiciera falta. Da igual que fueran moras, cristianas, gitanas o serranas: *pa* todas era la misma consigna: tener *cuidao* (¿de qué? De lo innombrable) y no salirse del plato. No señalarse, tal como habían *aprendío* en la dictadura que aún estaba caliente.

El sector era el turismo y la mayoría de mujeres acababan siendo camareras de pisos, ayudantes de cocina o las dos cosas al mismo tiempo. La *mitá* de Andalucía estaba *espurreá* trabajando por España, un cuarto en Europa y el otro cuarto, tullida de la guerra, trabajando en una tierra que aún no era suya (la reforma agraria llegó en el 1984) bajo la *mirá* dominante de un clero que no se moría.

Sí, si le *fuera preguntao* a la Naima si quería irse a servir a los hoteles *fuera* dicho que sí, porque todas sus amigas se fueron. Las que llevaban algunos años de ventaja volvían con unos dineros que permitían a sus madres empapelar las paredes del salón y a las hermanas comer Maritoñis. Pero nadie le preguntó, ni a ella ni al resto de jóvenes. Todas ellas recibieron la noticia de que se iban a ir a servir un día al volver del río *onde* estaban lavando.

Temporada tras temporada se fueron con una muda limpia y una hogaza de pan. Meses más tarde volvían con los dineros que entregaban a su casa. De esta manera, muchas familias compraron pequeñas fincas y azas (ya después del 84) *pa* trabajar lo propio, aunque esto nunca les diera de comer. No entraré ahí porque eso es harina de otro costal.

Tres veces fue y vino de los hoteles. Del último viaje volvió *comprometía* con un serrano muy trabajador, como toda la gente de Jaén. Con los *jaliyeles* de esa temporada hicieron una boda modesta y se compraron una casilla en el mismo pueblo de ella porque en el de él, el cristiano, no tenía a nadie.

El hombre hizo la *shahada* antes de la boda y se cambió el nombre de Joaquín a Hakim. Cuando no se alargaba el jornal, iba a la mezquita de las eras los viernes (la cerraron cuando yo tenía once o doce años). La muchacha fue muy criticada porque se había *casao* con un cristiano que se había *echao* a moro sin querer echarse; decían que su nuevo credo era un embuste. Que vaya faena la Naima haberse *juntao* con un cristiano *pa* volverlo moro.

A los quince años de matrimonio, cuando el jienense se fue sin decir ni mu y dejó a la mujer con dos chiquillos chicos y una hija adolescente, en el pueblo se dijo que había *tenío* la mujer mala suerte. Que eso le pasaba por haberlo *convertio* al islam, que las cosas que empiezan mal acaban mal.

Poco se habló de ese hombre *bandío*, ni de su falta de *responsabilidá*, ni de la *hangá* que le había hecho a la Naima. Solamente alguna mujer vieja, *calladinco*, tuvo a bien referir que la gente de Jaén está *embrujá* por los *yines* que pueblan la tierra *ende munchísimo* tiempo antes de que fuera impuesto el olivar, como el luto a la viuda.

Los *yines* habitaban los castillos y de allí salieron espantados cuando fueron desterradas las amas legítimas de las alcazabas. Cuando echaron a las princesas moras.

Ya *naiden* lo refiere, sea por ignorancia o prudencia. Cuentan, quienes saben echar cuentas de cabeza, que cuando llegaron los reyes de Castilla y Aragón las orzas de las alacenas se llenaron de pringue de marrano. El olor perturbaba tanto a los genios que estos salieron *despavoríos* y se echaron a los caminos. *Ende* entonces moran en las orillas. En verano se refrescan en las albuferas dulces y se protegen del sol debajo de las piedras; en invierno se resguardaban del frío en los cañones de las chimeneas. Por eso pasan abulagas las gentes antes de echar la primera lumbre del invierno. Cuando se acabó aquello, lo de pasar la abulaga, se olvidó el secreto. Se transgredieron los límites entre el mundo de las personas y los genios y *ende* entonces no hay criatura en Jaén que esté en sus cabales.

Volviendo a la historia de la tabernera. Luego, cuando ya tenía a los churumbeles *criaos* a golpe de fregona, aceituna y horas extras de camarera, encontró a un socio con el que montó un garito en el local que había *sío* el hogar del pensionista. Dijeron que el Ayuntamiento había *pedío* un dineral por él. Que era imposible que una madre soltera con tres criaturas tuviera el fondo que le hacía falta *pa* que el banco le diera el préstamo. Y que a saber qué había hecho *pa* que el otro, al que llamaba socio, *fuera* puesto el capital; que a ver si no iba a echarlo también a él a moro.

Nadie habló de su trabajo, de su vista larga, de su ojo de buen cubero. Hablaban de suerte, de malas artes de mujer. Y claro, lo que pasa siempre en estos casos es que basta con que se lance el rumor *pa* que se dé por *sentao*. Si la Naima en vez de llamarlo «socio» lo *fuera* llamado «marido», si se *fuera reconocío* pertenencia de él, tal vez las lenguas se *fueran* vuelto más romas, menos afiladas.

El garito de la Naima daba desayunos, meriendas y se quedaba abierto mientras *habiera* clientes. Ella, siempre ella detrás de la barra, sirviendo copas de coñac, tostadas, tapas frías, vendiendo *helaos*. Poniendo el café de media tarde, la cerveza, los combinados hasta la madrugada, fregando los baños, llevando las cuentas. Ella al mando mientras el pueblo nos preguntábamos qué le habría hecho al hombre aquel «socio» *pa* que le montara el bar, como si *fuera sío* un regalo, una oferta a mesa y mantel.

Ganar tenía que ganar porque cerrar no lo cerraba. Estaba siempre abierto. Pagó su hipoteca y se compró un coche que no cambió en veinticuatro años. Casó a su niña grande en una boda humilde como las que se llevaban en la época del casamiento, como las de *to* el mundo. No se salió del plato, pero no tuvo *cuidao*.

Hay pocas historias vivas *onde* las mujeres tengan un papel activo. En el relato de su matrimonio el protagonismo fue *pa* la mala suerte. Si se hablaba de su negocio se hablaba de la buena suerte de haber *encontrao* a quien la ayudó, y apenas se refería su trabajo e inteligencia. Solo fue protagonista y dueña de su destino la noche del atraco, en la que ella tuvo la culpa por ser mujer y por abrir hasta tan tarde. «¿Qué tanta falta le hacían los jurdeles?», murmuraban quienes la acusaban de haberlo *buscao*.

Se contó en el pueblo el atraco de la siguiente manera: que entrarron dos hombres, que sabían muy bien dónde entraban, le echaron gas pimienta en los ojos, la apalearon, robaron la caja e intentaron atracar las máquinas tragaperras y la del tabaco.

Según el testimonio de la señora Naima, el empeño de los jóvenes era la máquina tragaperras. Se agarraron a mazazos con ella incluso sin desenchufarla, a riesgo de acabar *electrocutaos*. No contó *muncho* más siguiendo los consejos de la policía.

No hay leyes del gobierno ni carteles en las puertas prohibiendo la entrada de nadie a *determinás* horas en ciertos sitios, pero las mujeres solas saben dónde tienen que ir y dónde guardarse de asomar. Lo enseñan el cine, la literatura y sobre todo lo aprenden en las conversaciones cotidianas.

El garito de la Naima era uno de esos lugares *onde* las mujeres solas dejaron de ir hacía ya tiempo. Tampoco las que estaban emparejadas iban. Podía haber alguna despistada, alguna furcia o alguna que se llegara a hacer un *mandao*, pero nadie consentía que su mujer fuera allí.

Yo sí iba. *Ende* el accidente del coche iba. No sé si huyendo de la culpa, si buscando al padre de mi niña, al mío o a mi hermano. Igual iba para vengarme por todas las veces que no pude ir por ser niña, mujer. Hubo algo de la *masculinidá* muerta en el accidente que *me se* quedó *impregná* en la vida. Como una herencia maldita, una misión que cumplir. Iba con el primo Ramiro

y a veces con cualquiera con quien fuera a compartir la bolsa de
plumas sin pollo. El pollo sin plumas. La gota amarga.

XXII

La noche del atraco

Creo recordar que fue un viernes o un día de diario con un festivo al día siguiente. La Princesa India se vino con su churumbel a mi casa. Apenas ponía un pie en la *keli*, mi madre le quitaba al niño de los brazos, lo acunaba y atendía como si fuera el niño que perdió, fuera su hijo o su nieto o los dos en otro cuerpo.

Malinche y yo estábamos en el cuarto del corral comentando la vida, convocando la suerte, planeando el *pasao*. Sonó el teléfono de botones que nunca sonaba. Era la madre de mi niña preguntándome si podía pasarme por su casa. Fuimos *pa* allá.

Nos recibió con un pañuelo cubriendo el *peinao*, los ojos muy *maquillaos* y una bata de casa que tapaba el traje. Se le notaban los esfuerzos *pa* no desvelar el atuendo que llevaba debajo. Me extrañó su simpatía, siempre tan falsa, y me intrigó su nerviosismo.

—Saluda —le decía a la niña—. Saluda con un besito.

Mi niña, como extensión de su madre que era, se veía también desconcertada e inquieta. Pronto preguntó por su primo, el niño de la Princesa India, y se ilusionó ante la idea de verlo.

La madre de mi niña, en un intento de paliar sus nervios, ocultarlos o disuadirme de que me enterara de lo que estaba pasando, hablaba sin parar. Decía que éramos familia. Que después de tantos años de relación, aunque no habiera sangre de por medio, éramos como primas. Siguió diciendo que la muerte del padre de la niña no podía romper la familia ni la relación que había. Que había que conservarla especialmente por la niña, quien bastante tenía con lo de su padre y su hermanito como *pa* encima distanciarse de la otra familia. Por eso, ella quería que esa noche me la llevara, que pasara un par de días conmigo. Que podía ir con ella al río o de excursión. Que a la niña le encantaba divertirse. Que a ella no le importaba en absoluto que me la llevara cuando quisiera.

Vive *Dios mía* que barruntaba yo que había gato *encerrao*. Le decía a la niña que se preparara el jato *pa* venirse conmigo un par de días. Nos ofreció un cigarrillo de tabaco negro; yo lo rechacé, la Princesa India lo aceptó y ellas salieron al patio a fumar. De mientras, me subí con mi niña a ayudarla a elegir lo que iba a traerse.

Estaban las dos solas en la casa. Le pregunté a mi niña por el novio de su madre y me dijo que no estaba. Respondió que no estaba, que estaría por ahí pero que daba igual. Eran palabras oídas en boca adulta y repetidas con naturalidá infantil. «¡Qué bien que podamos estar juntas, *¿verdá?* Y con el primillo y *to*. ¡Venga, vamos!».

XXIII

Después, en la *ciudá*

En el momento en el que abriera la casa ya no me podía retirar *muncho* de ella, porque lo mismo que entré yo podía entrar otra familia. Además, había intereses en que los pisos vacíos de ciertos edificios de la *ciudá* se convirtieran en fumaderos de droga y nidos de drogodependientes *pa* espantar al vecindario y que malvendieran sus propiedades a las multinacionales que estaban al acecho *pa* montar un Starbucks, una tienda de la vaquita y *munchos* Airbnb.

Tampoco era que no pudiera salir de allí, sino que tenía que haber movimiento cada día. El gran esfuerzo que tuve que hacer *pa* limpiar y adecentar aquello *pa* cuando viniera mi niña... No sé si era más costoso bajar lo que me sobraba o subir lo que me hacía falta. El caballero que me entregó las llaves me dijo que estaba limpia. Yo repasé con agua y amoniaco hasta el último rincón del rodapié, *ende* el techo al suelo, apretando contra las superficies como si me fuera la vida en ello. El cuarto de baño, con lejía. Hacía años que no limpiaba como aprendí en mi infancia. En Perpiñán fregaba con vinagre o agua *aliñá* según el conjuro. Los productos que traje *pa* limpiar la casa los compré en un acto reflejo, guiada por un instinto viejo e irreflexivo. ¡Cuánto ojo hay que tener con las veredas transitadas! ¡Qué rápido se van los pies hacia el camino *aprendío!*

Daba vueltas por la zona mirando los colegios *pa* inscribirla. Uno de los criterios *pa* que te asignen un colegio es la cercanía con la vivienda en la que la menor esté *empadroná*. *Pa* empadronarte, el Ayuntamiento pide algún tipo de prueba de que vives allí, *ende* las escrituras de la *propiedá* a la factura de luz o el contrato del alquiler. Acabé pagando por un empadronamiento *muncho* más de lo que me costaron las llaves de la casa. *Alreor* de trescientos euros. Pero cuando mi niña llegara, podría entrar *derechica* al centro público que mejor nos venía.

Leía, oraba y preguntaba a mi *agüela* sobre las noticias del garito de la Naima. Me comía la incertidumbre y los nervios.

Cuando llegué a la *ciudá* de nuevas y por segunda vez (segunda vez porque ya había *vivío* allí y de nuevas porque ya era otra persona), empecé a recorrer a contrapelo la *ciudá* de día y de noche, a riesgo de caer en el mismo hoyo del que me había propuesto salir cuando llegara aquí. Las últimas sesiones de bucle vicioso en el pueblo las justificaba diciendo que ya me quitaría cuando llegara a la *ciudá*. Si los hombres lo hacían, ¿por qué no podía hacerlo yo? Reconozco que me daba cierto morbo ver a los hombres *drogaos* haciendo gala de su *debilidá* oculta, esa *debilidá* que tanto se esforzaban por maquillar las mujeres de su entorno.

¿Qué es la sobreprotección que las madres ejercen *pa* con sus hijos varones si no un esfuerzo de ocultar la debilidad que ellas conocen? ¿No son las esposas en el patriarcado monógamo una extensión de la madre?

Ahora que estaba en la *ciudá* con mi objetivo *cumplío* (una casa) y mi proyecto en marcha (traerme a mi niña), merecía celebrarlo. Por un poquillo no pasa *ná*. Yo controlo.

La adicción es un patrón de comportamiento. Es la búsqueda frenética y en bucle de una meta que, al alcanzarla, te devuelve al punto de partida. No avanzas, aunque mientras te vicies te parecerá que sí. Poco importa si es alcohol, cocaína, sexo o visualizaciones en redes sociales. Un círculo vicioso, nunca mejor dicho: la pescadilla que se muerde la cola. Cuantas más cosas *haiga* en la vida, menos espacio queda *pa* las drogas.

En un cacico, que me costó nuevo veinte euros, hice arroz con leche de limón y canela. Estaba subiendo a la casa de mi nueva vecina cuando me asaltaron los miedos. La señora de arriba era una mujer madura y gorda que se movía a duras penas por las escaleras; probablemente desconfiaría de comerse algo *preparao* por una *desconocía*. Me comí yo el arroz mientras pensaba otra forma de acercarme a ella y establecer vínculos para la vida que *me se* presentaba.

Una maceta. Esa fue mi idea estrella. No había sospecha de envenenamiento. Bajé al bazar y compré una de seis euros; mis cálculos fueron que cuanto más cara fuese más duraría viva, porque es *vox populi* que las macetas compradas se secan *enseguía*. Se secan de pena por haberse *alejao* de sus compis del vivero. Algo común en las criaturas vivas. No me invitó a entrar, cosa normal en las ciudades. *Ende* aquel día, cuando nos cruzábamos, hubo un hola y un adiós entre nosotras; incluso conversaciones en el rellano, el portal o la panadería. Aquella semilla no llegó a abrirse porque yo me fui *muncho* antes de ese barrio.

Tenía un par de rutas *predefinías* que me llevaban hasta los sitios que frecuentaba. *Ná* mejor *pa* tomarle el pulso a un lugar que establecer rutinas. Salía cada mañana de la casa como quien tiene algún sitio *aonde* ir. Llegaba hasta mi antiguo barrio, me pasaba a saludar por los comercios, echaba café hoy aquí, hoy allí, veía a mis amistades y me informaba de las novedades del barrio. En la ruta de ida cruzaba por una rotonda a cuya orilla había una cafetería *onde* sobre las nueve menos cuarto desayunaban un grupo de hombres mayores. Entre ellos había uno que, *ende* el día en que nuestros *sacáis* se encontraron, no podía evitar *quearse embelesao;* se fijaba en mí apenas se daba cuenta de que yo había vuelto la esquina. Un día y otro, hasta que llegó el momento de saludar, pero sin pararme.

El día que me paré le hablé de *usté pa* preguntarle por qué me miraba tanto, por si era que me conocía. Me dijo que era yo la mujer que su niño necesitaba. Qué osado el viejo. Los otros hombres de la mesa le dieron la razón. Le propuse que me diera el número de su hijo, pero le pareció más nuestro que fuera tal día a tal hora a verlo; que fuera a comer el arroz que hacía su mujer, que estaba *pa* chuparse los dedos. Al arroz o al postre, le propuse. Cuando yo quisiera, zanjó la conversación. Un martes me señaló en el almanaque. Tenía una cita a ciegas.

Como no había nada que perder, y siempre pensaba que *to* pasa por algo, supe que iría al encuentro. Además, estaba *intrigá* de ver de qué iría aquello. El hombre llevaba un atuendo que llamaba la atención por lo poco habitual. ¿Quién era yo *pa* hablar de *normalidá* estética? Iba *vestío* con una especie de sotana negra y llevaba un garrote en la mano, largo y fino, de caña, que más que *pa apontocarse* lo tenía como extensión de su mano.

Quería ir pero, ¿cómo iba a ir «sola»? La paradoja de mi vida. Yo deslegitimando mi presencia en el mundo. Fuera como fuese, quería buscar a alguien que me acompañara. ¿De quién podía tirar? Estuve *dándole* vueltas a quién llamar. Pues para entonces ya no podía contar con la Princesa India, pues ya estaba ocupada en otro idilio con un payo ravero con síndrome de Peter Pan, como le gustaban a ella.

Ahora me hacía falta alguien que me acompañara. Una mujer y un hombre. Recordé a Miranda y al *fiolo* al que llamaba novio. Se alegró de verme. Vivíamos puerta con puerta la vez de marras (la primera vez que me vine a la capital). Pude reconocer a Miranda porque estaba en su casa, pero vive *Dios mía* que parecía otra persona; el chulo ya no paraba allí. Dejaron la relación hacía un tiempo. Ella había *estao* en Proyecto Hombre y hacía menos de un año que había vuelto a su casa. Me presentó a Cris, quien había *cuidao* de ella y de su casa en su ausencia. A lo largo de nuestra charla nos reímos, nos pusimos al día frente a una infusión de manzanilla. Me confesó que el aroma le recordaba a mí porque siempre se la ofrecía cuando le daban aquellas muertes. Me alegré de volver a verla; egoístamente, me alegré de su rehabilitación porque podría contar con ella. También creí que con el cambio de pareja había *ganao;* la ganancia salía a relucir en la redondez de su cara, de sus caderas y de sus senos. Cuando la conocí era un esqueleto que se tambaleaba.

Cris, la novia, era una mujer cuadrada que hacía pesas frente al espejo, que se trenzaba su melena en dos partes y la dejaba caer hasta el ombligo. *Ende* que Miranda me la presentó como su novia, indagaba en cada uno de sus gestos, analizaba el tono de su voz y sus palabras, estudiaba su forma de escuchar y de mirarme. Buscaba en ella algo que me recordara al antiguo proxeneta de mi amiga.

¿Cómo iba a preguntarle el primer día de conocerla si querían acompañarme a aquella cita? ¿Cómo no iba a preguntárselo si había *ío* hasta allí *pa* eso? La manzanilla empezó a darme náuseas ante tan vano conflicto, y no quería llevarme esa sensación a casa. Lo solté de golpe porque más vale una vez la cara colorada que un ciento amarilla. Conforme empezaron las preguntas de Cris, encontré al chulo en ella. Reconocí esa manía, casi neurótica, de catalogarlo *tó pa* poder descansar, que yo supuse que hacía sentir cómoda a mi amiga en un mundo abarcable, entendible, una *realidá ordená*.

Cris me hizo muchas preguntas porque quería entender el mundo que mi persona le presentaba. Quería saber cómo clasificarme. En una de esas cuestiones me soltó si conocía a esa gente de antes, si eran familia, si era una costumbre «nuestra», si eran gitanos, si eran moros, si había negocio, si era *pa* drogas, si me iban a apañar una boda. A la par que ella disparaba dudas, el semblante de mi vieja amiga iba perdiendo el entusiasmo inicial de acompañarme y en él se instalaba una mueca que bailaba al compás de las preocupaciones de su pareja; asentía como una ama de casa yanki de los sesenta, y en su expresión complaciente para con Cris la reconocí. Era la misma puta obediente que se ajusta al son de cualquier tambor que no sea el suyo.

¿Para qué enfrentarme a ella? Me había dicho una terapeuta de la Seguridad Social que teníamos que aceptar a los demás como eran. Les aseguré que tenían razón, que tal vez sería una locura ir allí. Arriesgué más. Le agradecí entre bromas a Cris que nos *fuera echao* los pies a tierra, porque con la cabeza de Miranda y la mía *fuéramos ío* allí y seguro que nos interceptaban *pa* una célula islamista. Mi amiga sonrió satisfecha de estar al servicio de tan astuta hembra, y Cris se sintió ancha y halagada con mi observación. Me atrevo a decir que hasta se excitó un poco, o tal vez solo fue mi reflejo en su cuerpo, el que me imaginé *aceitao* mientras lo recorría con mis manos, mis antebrazos y mis codos haciendo presión en sus músculos duros. Sus dientes dispares, le faltaba la mitad de la paleta izquierda, mordiéndome con tiento las aureolas de mis senos.

Con estos pensamientos y la *posibilidá* de hacerlos *realidá me se* iba tornando beneplácito la acrimonia. Esa anuencia adictiva, fugaz y narcisista que provoca el tener razón, aunque sea a costa de una desgracia. Lancé una *mirá* en la que hasta yo misma, sin poder verla, reconocí a mi madre y a mi larga lista de fracasos de infancia que tan contenta la hacían sentir porque de ellos me había *prevenío*.

Volví a casa recorriendo caminos alternativos, sobresaltándome cada vez que escuchaba pasos detrás *mía*, jugando con la navaja en el bolsillo de mi chándal, imaginando la fuerza con la que tendría que embestir la hoja afilada *pa* que traspasara la tela vaquera, acelerando y aminorando el paso, paseando bajo la luz de las farolas, ocupando el espacio. El sudor me chorreaba por la espalda. ¿Habría *entrao* alguien en mi casa? ¿Cuánto tiempo había *pasao* fuera? ¿Cuánto querría Cris a Miranda? ¿Se querían porque se necesitaban o se necesitaban porque se querían? ¿A quién quería yo si no necesitaba a nadie? ¿Es el amor que conocemos (que conozco) una reacción a las carencias? Imaginaba a las mujeres de mi infancia y adolescencia entregadas en sus vidas cotidianas a los *cuidaos abnegaos* en nombre del amor, y me preguntaba por el amor de los hombres. ¿Amaban los hombres? ¿Qué ganaban los hombres con el enamoramiento? Ellos no tenían que enamorarse; bastaba con que alguna se enamorara de ellos y les entregara su vida, su tiempo, su cuerpo, sus *cuidaos* a cambio de poder decir que no estaban «solas».

Había por la calle de la *city munchos* hombres solos que se cruzaron en mi camino; algunos iban a pie, otros en coches y motos, los de siempre en bicicletas. Me miraban, yo los miraba también. En el fondo pretendía provocarlos, encararlos, herirlos con mi navaja, notar su sangre caliente y preguntarles en ese momento de *vulnerabilidá* a quién amaban.

Es duro pensar que tu padre no te ama, que tampoco te necesita y que, por lo tanto, no te requiere. Que prefiere dejarte con cualquier otra mujer, aunque la desprecie, que hacerse cargo de ti. Cuando mi niña viniera conmigo tendría que morderme bien la lengua para no decir ciertas cosas. Tendría que colaborar yo en la farsa esa de que su padre la quería. Cuando alguien te dice que tu padre no te quiere, te aferras más a su amor. El amor a los padres es un amor aferrable porque, al existir solo en nuestra imaginación, es perfecto.

Llegué a casa empapada por el sudor del trote del camino. *Naiden* había *mancillao* la puerta. Me *fuera duchao*, pero me lavé con una toalla mojada que pasé por el cuerpo con la intención de quitarme aquello que me oprimía el pecho y las sienes. Una vez echada en la cama lloré, lloré con pucheros, *jipíos,* un llanto con *calao* infantil que me durmió tan profundamente que soñé con un escenario onírico recurrente: un suelo de arena, la *imposibilidá* de alzar la vista y un estanque alto lleno de agua *onde* se ahogaban perros cachorros de razas caras.

XXIV

Tenía varios colegios cerca del piso de la calle Domingo, el primero *onde* viví. Los tres me pillaban más cerca que cualquier locutorio. Los locutorios telefónicos estaban desapareciendo. Quedaba uno a casi cuarenta minutos andando de mi calle. Era un local blanco que olía a ambientador de fresa. Tenía ocho cabinas estrechas; de ellas, seis estaban eternamente averiadas. En el mostrador se alzaba una mampara de metacrilato que sostenía instrucciones: ponerse la mascarilla, respetar las distancias, usar gel hidroalcohólico. Me atendía un hombre castellano.

Antes de llamar al pueblo *pa* ver cómo iban los asuntos, *me se* ocurrió de pronto, como por arte de mala magia, llamar al fijo de la casa en Francia. Pregunté por Carles; era el santo y seña. Me respondieron en un francés con un *marcao* acento del este de Europa. El malestar que me zaleaba las tripas, en un momento, transmutó en liberación. Muchas veces, en los dos o tres años que me tiré en el pueblo sin llamar a Perpiñán —haciendo un esfuerzo por no hacerlo—, creí que me estarían echando de menos. Pero nadie se acuerda de una tanto como las infancias a nuestro cargo. La voz que me respondió ni siquiera me reconoció. La pérdida de aquella *posibilidá,* la de volver, aceleró el ritmo de mis pensamientos; me reafirmó que acompañar a mi niña era lo más importante. Salí con el corazón, el cavilar y las ganas aceleradas. Se acabó Europa, *onde* en *realidá* nunca tuve nada más que un recuerdo andaluz al que aferrarme.

El moreno que estaba por fuera del mostrador, haciendo como que hablaba con el *encargao* del *ciber,* no sabía que era yo quien estaba en la cabina, ni tampoco sabía quién era yo. Pero al salir me di cuenta de que ellos estaban esperando a quedarse solos *pa* hacer su trámite. A la hora de pagar, me *apontoqué* en su aura, guiada por su olor de domingo y mi deseo de ser aceptada, necesitada, requerida; me hice notar.

Me alcanzó antes de doblar la esquina. Traía un patín eléctrico del que se bajó *pa* ponerse a mi *lao* y preguntarme si era nueva en el barrio. Le respondí que no era nueva, que era discreta y que por eso no me había *conocío* antes. Me dio a entender que podía contar con él si me hacía falta algo. Nos sonreímos. Siguió de largo. ¿Cuánto me costó la llamada? ¿Treinta o cuarenta céntimos?

Seguí avanzando al ritmo del látigo del malestar y olvidé llamar al pueblo.

Pasé por el colegio porque sería la hora del recreo. El patio era grande, tenía dos inmensas pistas deportivas a cada *lao ocupás* por niños. Alrededor, en las esquinas o apiñadas en bancos, se reunían las niñas y los pocos niños que no participaban del ritual físico de la masculinidad hegemónica. Mi niña estaría *arrinconá* en un banco con sus amigas *pa* no molestar a los minimachos de su cole, allí *onde* estuviera.

Porque el lugar que les corresponde a ellas es el que ellos dejen en su socialización *arrollaora*. Quería imaginar que alguien más que yo se habría *dao* cuenta de aquello. Aunque sabía que era más fácil dar por *sentao* que, por instinto, las niñas laceran su espíritu, supeditan sus ganas y ponen su riqueza al servicio de otras causas. Porque son más responsables, más tranquilas, más dóciles, sumisas, limpias y *ordenás* por naturaleza. En cambio, ellos son graciosamente desastrosos, hasta el punto de que cumplen cuarenta años y hay que seguir atendiéndolos *pa* que no pillen una rabieta. Qué duro, ¿no? Escribo en serio: ¿en qué clase de esquizofrenia crece un niño que si pilla una rabieta recibe un cogotazo de la madre mientras que ve cómo su padre —un hombre hecho y derecho, ejemplo a seguir— se enrabieta porque la familia hace *ruío* mientras ve la tele? Porque el mensaje en las niñas es más claro: cállate y obedece, que tú no sabes.

Todas estas cábalas para justificar por *adelantao* si retozaba, o no, con el del patín.

XXV

La *sobriedá* de Olga

Cuando paso por la panadería de Olga, una devota cristiana que chapurrea castellano, siempre nos interrumpe su marido. Un señor que no entiende ni chapurrea castellano. Me habla en rumano a voces y con alharacas invasivas.

La *jorná* laboral del matrimonio comienza de madrugada, cuando amasan lo que venderán al día siguiente. Tanto él como ella trabajan amasando pan, pero solo ella trabaja tras el mostrador. Este doble rol de panadera y dependienta lo combina con el *cuidao* del hogar y del marido, quien no ha puesto una lavadora en su vida. Me pregunto si moriría de hambre en el caso de que Olga dispusiera no guisarle.

Me gusta pasar por allí porque Olga me transmite una confianza en Dios que yo envidio. En su media lengua me ha *contao*, cuando el esposo se calla la jodida boca, que arriesgó *muncho pa* venir aquí. Vendió una pequeña casa, herencia de su madre, y montó un negocio en este país. ¿Por qué este lugar? ¿Por qué no? Pero había alguna razón más que el código de comunicación no nos permitía entender. Su cónyuge llegó antes que ella con un contrato en origen y le propuso venir. Cuando la conocí, hace años ya, llevaba unos veintitantos meses con la panadería abierta. De lunes a sábado. El domingo cerraba. Ella sabía que *munchos* negocios abrían en domingo, pero ese día de su almanaque lo tenía *reservao* a Dios, de quien aseguraba que venía la riqueza.

Compro pan un día sí y un día no. Suelo visitarla cuando me son menester unas palabras de consuelo, un espejo que me devuelva la esperanza. Era como visitar a la tía Hafida en el pueblo (con matices). Quiero la entereza de esas mujeres.

¿La quiero? Sí. La quiero, pero la quiero para mí, al servicio de mis causas. Las causas que siguen el *trazao* de los sueños primigenios. Los que toman forma antes de conocer los límites del determinismo social, el género y el matrimonio.

Es inevitable sacar conclusiones, juzgar lo que ocurre y lo que vemos a nuestro alrededor. A mí me encantaba estar a la vera de la tía Hafida, de Olga, de Amelie. Lo que ellas hicieran con su poder —echárselo a los marranos o a los perros— al fin y al cabo no era cuenta mía. Pero lo que sí me concernía era lo que me ocurría en las entrañas cuando estaba cerca de ellas y me asomaba a la parte que me mostraban de sus vidas. ¿Qué era lo que tenían?

Dediqué *munchos* momentos a estas cábalas hasta que di con una hipótesis que luego tuve que constatar: estaban sobrias.

XXVI

Furnitures Carles

Qué días más largos aquellos primeros en la *ciudá*. La casa se hacía oscura con la vista cerrada a otros edificios. Me despertaba al amanecer, me aseaba y bajaba a por agua al parque. Me traía una garrafa de agua de beber y otra de una fuente de agua de circuito *pa* echarla al váter. Tenía agua y garrafas *pa joer* a Canilla, pero seguía haciendo acopio *pa* que no nos faltara de *ná*. Este gesto tan sencillo de ir a buscar agua había mañanas que me costaba la vida entera.

La primera vez que me mudé a esta *ciudá,* buscando el porvenir, hacía ya lo menos ¿cuántos años? ¿Ocho? ¿Diez? ¿Cinco? Trabajaba de domingo a domingo a la procura de un lugar en el que quedarme. De la misma manera que ahora colecciono garrafas y botellas de agua, en ese momento coleccionaba dineros. *Pa* ganarlos me movía, *fi al-haraka baraka.* Salía temprano de la casa y repartía un currículum *onde* reflejaba estudios que tenía sin acabar, pero siempre *me se* dieron bien las matemáticas, las facturas y las cuentas de doble filo, los cuerpos y la interpretación de las señales, aunque no *habiera* institución que lo certificara. Así que no tenía miedo a que me dieran el trabajo y no estar a la altura.

Di con una organización en B que me buscaba casas en las que dar masajes relajantes, hacer ejercicios de rehabilitación y tratamientos descontracturantes. La mayoría de mi clientela vivía en la zona nororiental de la *ciudá,* en urbanizaciones y parcelas *onde* solo llegaban los autobuses del servicio. En las rotondas de estos barrios, en lugar de adelfas, el Ayuntamiento había dispuesto lavanda, y en las aceras arbolitos de laurel que parecían *sacaos* de un belén. Fue en una de esas *jornás onde* conseguí el trabajo en Fournitures Carles. La vida son dineros y contactos; por eso dice la ciencia que hay que tenerlos hasta en el infierno.

Aún me parece estar viendo a mis primas *rapagonas,* comiendo garbanzos fritos en casa de mi *agüela,* arropadas con las enaguas de la mesa camilla al refugio de las brasas, frente al televisor. Un día mi *agüela* aconsejó a mis primas que tuvieran sus propios dineros, que supieran buscarse el porvenir sin depender de *naiden* y *munchísimo* menos de un hombre. Sus palabras *me se* grabaron en el *sentío.* Era yo chica cuando aquello y aún lo recuerdo como si fuera *sío* ayer. Aquel fue el motivo de mi primera hégira a la *ciudá pa* juntar dineros, pero también había algo de huida de un mundo que me definía por la hija, la hermana, la nieta de.

Llegué a la *ciudá* de las oportunidades con la obsesión de llenar la alcancía, de tener libertad financiera. *Ende* aquí, *ende* esta altura, veo claramente el cariz obsesivo de aquella empresa. No necesitaba tanto dinero como ganaba. No era menester alargar tanto la *jorná,* ni apurar tantísimo la semana. Bueno, eso lo digo ahora que sé que *onde* va el cuerpo va el sustento. ¡Qué osadía en contra mía juzgarme con los ojos del presente! ¡Claro que fue necesario llenar de billetes de veinte y fajos de miles los bolsillos de los gabanes! ¿Con qué *jurdeles fuera financiao* si no el viaje al centro de mí misma? Se conoce que si tuviera que hacerlo ahora le quitaría dureza al proceso, pero ¿quién conocía la ternura? ¿Quién sabía permitírsela?

Cada vez quedaba menos de aquella joven que llegó a la *ciudá* antes de irse a Europa. Pero *tavía queaba* algo. Tal como sigo relatando. La sensación de que cualquier vida era mejor que la mía tomó bastante fuerza y envidiaba a las criaturas que encontraba a mi paso (hasta las mujeres con tacones y la señora que vendía ¿quesadillas? a la revuelta del quiosco de la Plaza Grande). Mujeres de uñas pintadas que desayunaban en las terrazas, otras de cuerpos fibrosos que corrían de camino a la pista de atletismo con el aparato de contarle las pulsaciones o el móvil, porque era la época en la que empezó *to*. Daba por *sentao* que eran más felices que yo, admiraba su capacidad de ser feliz en una jungla de alquitrán, cemento y neblina carbonizada. Recordaba aquello con nitidez. Tanta que llegué a pensar que mis recuerdos querían contarme algo. Me puse manos a la obra *pa* concederme el deseo de hacer *realidá* y ser todas aquellas mujeres. Me pondría a hacer aquello que envidiaba.

El parque de las Tres Heridas estaba *aislao* por un entramado de rotondas, circunvalaciones y cruces de caminos que me exasperaba; aun *asín* iba allí a dar vueltas a paso ligero, alguna vez llegué a trotar. El diálogo interno tomaba claridad cuando estaba en el exterior. ¿*Pa* qué voy a mentir y decir que salía a diario o las veces que recomienda la organización mundial anticuerpos gordos? OMS. Yo salía a dar vueltas al parque cuando podía. Cuando la cabeza me daba *pa* ello. Otras veces, las que más, me quedaba llorando en el colchón *usao* pero nuevo, envuelta en una sábana arropada hasta la cabeza, y viajaba al cuarto del corral de la casa de mi madre. Recreaba la rutina predecible del hogar. Miraba la hora, pensaba qué estarían haciendo mi madre y mi niña y me imaginaba siendo parte feliz de *to* eso. La comida a las dos y cuarto, la limpieza innecesaria de los muebles de la cocina cada mediodía, los susurros litúrgicos de mi *agüela* como contrapeso al parte deportivo. La novela entre siestas, las labores, las vecinas. La sencillez del día a día. Luego se oscurecía el recuerdo con el dolor *contenío* por la vida a medias, el pellizco en la garganta, los ojos ciegos. Las alas de las niñas atadas a los tobillos y su deseo *desatendío*. El llanto me volvía a la garganta y me rendía en un sueño plácido entre algodones que me reconfortaba. En la *sobriedá* descubrí el poder sanador del sueño, el vivir dos veces. Pero el tiempo es largo.

Los recuerdos infernales susurrados por los demonios cada vez que evocaba el pueblo me hacían pensar que por esa senda se llegaba a algún lugar seguro. En alguna galaxia de la cosmovisión islámica se dice que cuando una avanza en el camino correcto, ese que es personal e intransferible, asoman voces, *waswas ash-shaytan*, recitando razones *pa* disuadir la idea. Se cuenta, además, que las voces traen a colación las leyendas más convincentes y secretas del universo individual. El payo Freud también trabajó esta idea en el marco del psicoanálisis; de hecho, la ciencia paya le atribuye a él esta idea (tan refutable como tantas otras). Algo de *verdá* habrá en que la resistencia al cambio es un mecanismo recurrente *pa* permanecer en la tesitura que decidimos que nos defina (aunque nos quejemos). ¿Qué buscaba yo viajando por mis recuerdos al lugar de *onde* tanto había *medrao* por salir? Muchas fueron las cábalas, confesiones, soliloquios y vaivenes del péndulo corporal hasta que descendió el remedio de la rutina.

Otra vez esa dureza: la imposición de una rutina que sabía de antemano irrealizable *pa* luego castigarme por no cumplirla. Esta solución me llevó algunos viernes a la mezquita *onde* desaparecieron las miradas y los juicios. ¿Acaso solo existieron en la caja de mi mollera? Aquella mujer que tan pendiente se mostró de mi hiyab el primer día pasaba olímpicamente de mí y de las otras que llegaban con el cabello suelto. Lo que me hizo caer en la cuenta de que aquel asalto fue más una excusa *pa* entablar conversación que un intento de adoctrinamiento. Rebajé el cupo de exigencia: ni iba a salir a correr, ni iba a ir todos los viernes a la mezquita. Solamente necesitaba buscar una pista de aterrizaje.

En la forma de tratarme a mí misma tuve muchas maestras naturales (mi madre, mi maestra, las mujeres de mi infancia, mis tías, primas) y de pago (curanderas, tarotistas, psicólogas) de las que aprendí mil y una formas de cuidarme, de relacionarme con mi persona. No todas las opciones aprendidas tenían la misma presencia, ni la misma facilidad de imponerse. Con el trato hacia mí me pasaba como con los productos de limpieza, que si me descuidaba o rebajaba el grado de conciencia volvía a hábitos dañinos que me colocaban al final de la fila en el reparto de miramientos. Además de tener hábitos «saludables» y «espirituales», ¿qué más envidiaba yo en las vidas que me cruzaba? ¡Las uñas!

Mi tía se quedó soltera (jamás nunca oí referir que eligiera la soltería) y por sus abrazos cariñosos pasamos todas las criaturas. La recuerdo joven con su melena escardada pintándose las uñas de rosa o rojo. Cuando me las pintaba a mí, el color en la punta de mis dedos me hacía sentirme importante. Fue entonces cuando determiné que las mujeres que se tomaban el tiempo de acicalarse las garras se tenían a sí mismas por esenciales. Aprendí a hacer las uñas en la peluquería de mi pueblo cuando acompañaba a mi hermana grande a que se echara las mechas. Mi hermana grande (suspiro hondo). En la mesa camilla de la peluquería del pueblo, junto a la alacena *onde* se guardaban los tintes, había una caja con limas, algodones, quitaesmalte y pintauñas. *Pa* mi hermana que yo la acompañara era una especie de castigo; estaba harta de cuidar, tenía razones *pa* estarlo. *Pa* mí la peluquería era una fantasía. Escuchaba conversaciones y me pintaba las uñas. Algunas vecinas me pedían que yo les pintara las uñas porque ellas no veían, y otras me decían que se las emparejara con la lima. Ahora me parece increíble la confianza con la que me lanzaba yo a aquellas tareas, sin tener ni idea, pero tampoco miedo a equivocarme. ¿Hace cuánto no hago algo por primera vez sin miedo? Quiero recuperar la certeza que tuve en mi saber hacer. La quiero ahora mientras me ahogo en un mar de inseguridades preguntándome si habré *tomao* la decisión correcta. Si alguna decisión fue correcta.

Una clienta de Olga, la panadera de la calle Larga de mi barrio viejo, llevaba las uñas hechas. Le preguntaría a ella dónde se las hacía *pa* ir yo también. La decisión me entusiasmó tanto que decidí que merecía celebrarlo. ¿Qué formas de celebración conocía? Me dije a mí misma que por una vez, por una copa, por una raya, por un porro, por un polvo, por un euro, por un vídeo, no pasaba *ná*. Una al año no hace daño. Ya tendría tiempo de quitarme cuando llegara mi niña.

Volví a caer en la trampa.

XXVII

En mi quehaceres diarios me miraba las manos de uñas azuladas

Amelie era una cristiana libanesa de busto, dedos y labios redondos y carnosos. Su respiración se agitaba o se contenía al concentrarse en el *decorao* del diseño. Encorvaba la espalda. La primera vez que pedí cita era *pa* hacerme las uñas y la segunda fue *pa* verla.

Atendía en su casa. Callada, quizás tímida. Cuando se reía, sin hacer *muncho ruío,* le temblaban todas las carnes y mi entereza se subía en ese tiovivo. Su marido me caía fatal. También paseaba por allí mientras ella trabajaba. Me calentaba la cabeza con sus hazañas en la otra orilla y se vanagloriaba de lo cristiano que era Líbano. «*Pa* cristiano tú, cristiana yo», pensaba antes de entrar al trapo y enredarme con él en ideologías y biografías de santos. Pero no lo humillaba porque temía perder la simpatía de Amelie. ¿Cuántos tíos no se han *beneficiao* del amor entre mujeres?

Después de estar con ella haciéndome las uñas, llamé al del patín *pa* que viniera. Sus besos sabían a whisky y no la tenía como yo me había *figurao* que la tendría. *Pa* echarlo de mi casa aproveché que sonó el reloj «pi, pi» y le dije aterrada: «¡Las seis! ¡Corre! ¡Mi marido está al llegar!». Me respondió que no nos había *dao* lugar a hacer *ná.* «Ya, qué pena», le dije, y le metí bulla *pa* que se fuera antes de que mi marido llegara. Que nos veríamos otro día.

Yo ya me había *encargao* de que se dijera por el barrio que mi marido era un expresidiario argelino que había *cumplío* condena por cosas muy peligrosas.

Sí, *asín* era yo. ¿Por qué iba a empezar a reventar el patriarcado por los únicos beneficios que me aportaba? Además, ¿no tenía derecho de sacarle *partío* al racismo? Yo no me inventé lo del argelino. Me lo preguntó la cajera del súper. Sin venir a cuento, un día soltó: «¿Tú estás casada con un moro?». «¿Con un moro?», le respondí. «Bueno, moro no... argelino». De esta manera fue la conversación en la que no desmentí el rumor. La película se montó sola.

Yo sé que en el *sentío* de la dependienta una mujer no iba a ir por ahí sola, sin *marío*. Que la dependienta del Covirán pensara aquello hacía que a mí me llevaran los demonios. Tanto como había hecho yo para no depender de ningún hombre y ahora tenía que parecer que lo hacía. Aunque lo preocupante era que me importara lo que pensara aquella mujer.

Mi *agüela* me decía que tenía *salía pa to*, es decir, que tenía arte *pa* responder a *to* lo que me dijeran, por inoportuno u hostil que fuera. Si lo cavilo con detenimiento, me atrevo a decir que más que tener arte, el arte lo ha fabricao lo que me ha *atravesao* sin permiso.

XXVIII

En la rueda de la jaula

Daba vueltas por la casa pensando en lo que podía ser y no era, en cómo sería. En mi mente había varios diálogos abiertos constantemente; en algunos alzaba la voz y en otros me tragaba mis propias palabras. Tantos frentes abiertos me hacían añicos los nervios. Si el *sentío* humano tiene alguna incidencia en el entorno, iban a asaltarme todos los males del mundo. A menudo revivía enfrentamientos con la madre de mi niña. Volvía a los lugares *onde* alguna vez no supe defenderme. Sin tener muy claro a son de qué, de repente, aunque tirada en la cama, encarnaba situaciones que me provocaban vergüenza y minaban la confianza en mi plan. ¿Era una locura sacar a mi niña del cuadro que el destino había *preparao* para ella? ¿Era yo parte de ese cuadro? ¿Está escrito el destino o el destino es lo que hagamos con él?

Tenía que buscarme algo que matara el aburrimiento, pero las dudas se hacían grandes entre cada atracón de endorfinas, y la inflamación de la resaca presionaba mi percepción de toda la *realidá*, haciendo del mundo un lugar estrecho de posibilidades menguantes.

Pensaba en todas mis primas, mis primos, mis tías y tantos miembros de la familia (nunca en el niño muerto) que con su pasividad permitían las injusticias.

Yo era muy chica cuando mi hermana *najó* del pueblo, de la familia, de la vida. Se fue con una amiga. ¿Serían novias? Cuando sentadas al fresco, alrededor de la lumbre y en torno a la mesa camilla de la tía Hafida, me preguntaban las vecinas viejas yo de quién era —*pa* luego recordar las crías de mi madre—, a mi hermana siempre la nombraban como «la grande» que estaba «por ahí». Venía cuando había que venir (entierros y si acaso) y apenas duraba su visita más de dos días; llegaba el del sepelio y se iba al siguiente. Yo le guardaba un poquillo de rencor por su abandono, a la vez que era su determinación la que me animaba a seguir con la mía.

Por volver por *onde* iba: sin obligaciones por cuenta ajena, las veinticuatro horas del día me llevaban lustros. Además del subidón químico, lo que tiene el consumo de drogas es el entretenimiento. Antes del consumo siempre hay un punto de creerlas merecer *pa* que la reacción a la dosis sea más satisfactoria. El tiempo que se ocupa en esta cadena —hacer algo *pa* merecer, conseguir los dineros, ir a comprarlas, consumirlas, buscar la siguiente dosis, acabar, morir, resucitar, volver a empezar— se te puede ir una semana entera. En cuatro *ires* y *venires* se te ha *ío* el mes, y antes de que te des cuenta ya estás de Ramadán (o el evento que para cada cual marque el año nuevo).

Me comía los meses sin darme cuenta. Cada resaca me juraba que sería la última, pero ante cada pequeña victoria, real o predicha, corría a celebrarlo. A veces incluso sin haberlo *ganao* aún. Volvía con cada atracón al punto de partida. Con el atracón le suben a una las hormonas de la felicidad; las drogas (alcohol, apuestas, coca, porno, porros, *likes*, llámese X) son un crédito de felicidad que se cobra con gabelas que se encaloman a la espalda. Llenan las alforjas de complejos de antaño e incitan a seguir avanzando por veredas que ya están más que transitadas, alejando a la criatura del camino exclusivo que *Dios mía* le tiene *reservao*. *Asín*, poco a poco, se va convirtiendo en eso de lo que tanto ha *renegao:* un Dios-padre muerto, una madre-tierra yerma, una mujer florero, un *onvre*.

Pero no todo puede ser quebranto y algún aliciente da el juego. Recompensas en las cuentas de la ruta equivocada.

XXIX

La madre de la niña

Me dije a mí misma que era hora de estrechar relaciones con la madre de mi niña, porque hasta en el infierno hay que tener amistades.

La última vez que la vi fue el fin de semana que atracaron el garito de la rotonda. La llamé. Me dijo que estaba bien, ¿qué me iba a decir? Le pregunté por mi niña y no se dignó a darme una buena referencia. Todo eran problemas: no le gustaba el cole, todas las mañanas era una pelea *pa* que se peinara y vistiera, etc. Que los psicólogos le habían dicho que la pérdida de su hermano y de su padre le había *afectao muncho*. «Claro que sí, guapi», pensaba yo *pa* mí.

Le pregunté por el trabajo. Se había *reincorporao* al restaurante porque ella no podía estar *to* el día en la casa; las paredes se la comían. El médico le había dicho que tenía que rehacer su vida. Ella sabía que era lo correcto aunque al principio le costara, pero que tenía que hacerlo, *sobretó* por su hija.

La escuchaba hablar y me preguntaba si ella se escuchaba a sí misma decir lo que decía y si se veía hacer lo que hacía, y cómo casaba en su mente una cosa con la otra. Pedí norte del cristiano al que ella llamaba marido y me dijo que *to* bien, ¿qué iba a decirme?, pero le cambió el color de la voz. Que *to* bien, que como siempre, que el trabajo, la casa... que ahora se le había roto el coche y que iba al cementerio con ella. Me dejó caer que se estaba planteando sacar al niño del cementerio islámico *pa* llevárselo al cementerio católico *onde* ella se iba a enterrar. ¡*Undibel*, dame paciencia o mándame la muerte! Esa puta maleante no hacía más que inventar.

Con la boca chica le dije que por supuesto se lo llevara de ahí, que los niños tenían que estar con su madre porque madre solo hay una y el padre puede ser cualquiera. A día de hoy *tavía* no sé qué quise decir con aquello ni cómo se lo tomó, pero me salió de lo más profundo de mi alma. La vista *me se* nubló como cuando das muchas volteretas en el mar. Añadí por inspiración divina que, si necesitaba dinero *pa* comprar el terreno en el cementerio de los cristianos, que me los pidiera a mí, que había *encontrao* muy buen trabajo aquí en la capital. Mejor que el de Francia (con cuyo sueldo tantas multas le pagué al padre de sus churumbeles). Y que tenía que irme a trabajar, que estábamos en contacto.

El castellano del mostrador me preguntó: «¿Qué tal?». Y le respondí que había días tontos y tontos todos los días. La cuenta por la llamada fue un euro y pico, coste nacional.

Otra vez volviendo a casa corriendo por las calles de la capital. No tenía almohada; ahogué el grito en una pelliza de lana que mi abuela le hizo a mi tío. Tenía que comprar una almohada *pa* cuando llegara mi niña. Agarré el teléfono *pa* buscar una tienda de avíos de cama cerca de mí.

Hoy era el día en el que había *quedao* con aquel hombre. ¿Qué perdía si iba?

XXX

Un golpe de suerte

Al *lao* de la estación del cercanías. Los martes se reunían en la casa familiar a comer arroz. Estaba invitada a la comida, pero podía llegar cuando quisiera. Me dio las señas a la antigua usanza: la estación, una cafetería, un cajero, un número de casa y un nombre por el que preguntar.

Era un piso viejo en un bloque bajo, de esos que se construyeron durante el franquismo *pa* albergar la migración rural. Con un par de cuartos o tres y el baño comprometidamente cerca de la cocina.

Tan grande y tan chico el mundo. Yo había *vivío* por allí. Volver a recorrer aquellos lugares me provocó inseguridad y desconfianza con respecto a mi yo de aquel entonces, del que no sabía si me avergonzaba o le agradecería que me *fuera traío* hasta aquí.

«Vengo en busca de la casa de Antequera», y el camarero del bar supo darme norte. El portal estaba abierto, la cerradura *quemá* y la mayoría de puertas medio *entornás*; de ellas salían olores a fritangas de marca blanca y el *ruío atronaor* de los programas de televisión que adoctrinaban a las familias de todas las clases sociales.

La madre, vestida de oscuro con el pelo cano y una toquilla de punto en cadena del gigante asiático echada por los hombros, me miraba con una mezcla de confianza y recelo, ¿no es eso la envidia? Aprovechaba *pa* tocarme la cintura cuando pasaba por mi *lao* y alternaba abnegada dedicación con silenciosas órdenes a las otras mujeres de la familia, quienes me miraban tímidas e intrigadas con sus niños en las caderas y el pelo largo *teñío* de muchas veces.

Los hombres, *sentaos arreor* de la mesa del comedor, agradecieron mi resolución y mi gracia a la hora de responder a sus preguntas. Ya habían *comío* y, mientras ellas se repartían por los cuartos haciendo sus cosas de mujeres (sostener la vida), ellos jugaban a las cartas. El viejo dijo: «Esta es la hembra que le falta a J. O.».

—Mi hijo es bueno —me dijo—, pero ha *tenío* mala suerte. Es valiente, y de valientes están llenas las cárceles y los cementerios.

J. O. era un hombre que, a pesar de su altura, miraba *ende* abajo. Su masculina cautela, su parquedad en palabras, hablaba más de su falta de fe que de su inteligencia. Me intrigaba su silencio, su sumisión para con las órdenes de sus mayores; a pesar de no rebelarse, parecía que tampoco las aceptara ciegamente. ¿Es eso la resignación?

En el dorso de la mano, a la altura del *hegu*, tenía *tatuaos* varios puntos que formaban un círculo ortopédico y torpe; me figuré *pa* mis adentros que esa era la mala suerte de la que me hablaba su padre. Su familia me recordaba un poco a la mía.

Cualquier familia es un *entramao* de raíces, ramas, cobijos de sombras y troncos *caíos;* un bosque antiguo y denso *onde* cada árbol florece *inclinao* hacia un destino diferente con un punto de partida *compartío*. Si en algún universo paralelo el clan familiar fue un bosque verde, un ecosistema rico, un pulmón, aquí en la tierra se yergue sobre un terreno, a veces yermo, *onde* las raíces buscan el agua y encuentran piedras; *onde* las hojas marchitas se aferran a las ramas impidiendo que pase la luz, siendo reclamo y testigo de *devastaoras* sequías que amedrentan generación tras generación. Un engranaje de ruedas con dentaduras melladas por las historias sin contar, el acoplamiento de secretos. Un tapiz tejido con hebras que consuelan al tiempo que asfixian y que arropan una pulsión atávica de sanación, un injerto de vida en cada rama *quebrá*, en cada fruto nonato, una alfombra de hojas caídas, remendadas para convertirse en un terreno fértil.

Total, ya había *conocío* al hijo del viejo, a José Omar.

Después de cada decisión importante me permitía la licencia de celebrarlo. Ahora me pregunto si era celebrar o era matar el miedo a golpe de dopamina barata. Por aquel entonces yo iba a celebrarlo porque me lo merecía [merecía celebrar mi valentía o matarla, tremenda paradoja]. *Para* celebrar la comodidad que había *sentío, pa* reconocer mi osadía de haber *ío* sola a la cita sin necesidad de validación ajena y a pesar de los miedos *infundíos* por la novia de mi amiga, decidí echar algo. Antes me pasé por el locutorio *pa* hacerle un giro de dinero a la madre de mi niña.

Aquella noche elegí para la celebración el final de la línea cinco. Un sitio de *people underground*. Siempre me gustaron estos sitios porque la primera vez que llegué a uno de esos a la *ciudá* no supe defenderme de los consejos racistas y paternalistas de las modernas ateo-payas del lugar, y *ende* entonces he *tenío* la espina *clavá*.

Era un centro comunitario *autogestionao*. El típico lugar mixto *onde* ellos hablan del *Fortnite* y la actualidad local mientras ellas cuidan, gestionan y mantienen la autogestión, pero con una esté- tica *punk* y muchas palabrotas. ¿Qué era aquello? No recuerdo el evento. ¿La presentación de un poemario de versos de largura libre pero con rima consonante que me daban *lache* ajena? Cualquier excusa era buena *pa* entregarse al vicio en compañía.

Al final de la *jorná me se* cayó el mechero debajo de la butaca en la que me sentaba y, al meter la mano debajo, di con una carta. El nueve de oros.

Me comí lo que tenía, a ver si reventaba. Dejé la apuesta sobre la mesa; ya no quería seguir con esa mano. Tuve la certeza de que si la ganaba perdería aún más el rumbo hacia mi disposición primigenia, para seguir echando mi energía en saco roto.

¿Qué estaba haciendo allí? La pregunta susurrada por la voz de mi *sentío* millones de veces pareció coger la batuta de mi entendimiento. El nueve de oros. La dueña de la alberca. La ama del cortijo.

XXXI

Tenía otro as bajo la manga. La noche en la que fuimos la Princesa India y yo a buscar a mi niña, porque su madre nos llamó diciendo que éramos familia y patatín patatán, fue la misma noche del atraco al garito de la Naima.

Yo no sabía que había *habío* atraco ni *ná*. Pero me quedé con la mosca detrás de la oreja porque la *mama* de mi niña estaba *mu* rara.

Por aquel entonces yo estaba a la procura obsesiva de cualquier cosa que pudiera inclinar la balanza a mi favor en la lucha por los *cuidaos* de mi niña. La sospecha de que su madre ocultaba algo me hizo ir a espiarla.

Dejamos, yo y la Princesa India, a mi churumbela en mi casa con mi *mama*.

Mi amiga siempre estaba *encantá* de ser parte de los dramas rurales que le recordaban a su infancia, cuando jugaba a aventuras en el pueblo en el que se crió antes de mudarse a la *ciudá*.

Fue Malinche, quien curiosamente tenía fama de lenta en el colegio, la que estuvo al quite de echar fotos de lo que vimos aquella noche. El colegio, más que las luces, mide la obediencia.

El coche que pasó a buscar a la madre de mi niña era el del primo de su último novio. ¿Te acuerdas que le hacía llamar al gachó *papa* fulano? Pues con el primo se fue.

Fuimos detrás de su coche hasta un hotel en la vera de la circunvalación. Entraron al bar, se sentaron en la barra. Le sacamos fotos y nos sentamos alejadas, pero seguras de que nos había visto, por lo menos ella. Al acabar nosotras de bebernos la tónica nos despedimos alzando el mentón.

A la mañana siguiente, la madre de mi niña me llamó *pa* decirme que no era lo que parecía. La tranquilicé diciéndole que no tenía que darme explicaciones. Le recordé que éramos familia y que jamás haría *ná* que la perjudicara, sino más bien todo lo contrario. Siempre podría contar conmigo.

Aguanté aquella carta hasta que parecía que la había *olvidao*. No hice uso del poder que me otorgaba cuando me dijo que iba a desenterrar al niño *pa* llevárselo al cementerio cristiano. Por cierto, que nunca lo hizo. Tampoco la saqué a relucir cada vez que yo llamaba por teléfono y le pedía hablar con mi niña y me lo negaba con excusas tontas.

Pacientemente me tragaba mi orgullo. Construí el barracón de mi paciencia con rocas subidas a cuestas por el monte Calvario. Sumisamente callada, como nunca estuve, me salían llagas en la boca y soñaba con matarme y matarla. Alguna vez encontré tranquilidad en el poder que sabía que tenía. Estaba llegando el momento de sacarlo.

Mi amiga Malinche me decía que vaya *thriller* teníamos *montao* en el pueblo. Le respondía que sólo veía la sinopsis de las películas y que la trama estaba *muncho* más *enredá*. La relación entre el susodicho *marío* y el primo iba *muncho* más allá de ser solo familia. Tenían algunas cuentas pendientes *onde* se mezclaban herencias de la *agüela*, disputas de los padres, negocios *fallíos* y otros asuntos de sangre y dinero (que es la sangre de la sociedad). Que la madre de mi niña jugara a esas dos bandas podía ir *muncho* más allá de una simple traición monógama. Porque si los dos hombres se peleaban, podían complicarse *muncho* los asuntos de su casa. Aunque la guinda del pastel la puso la vida misma, cuya *realidá* sobrepasa cualquier ficción.

La Naima se recuperó de la paliza. Volvió a abrir el local. «¡Qué valor tiene!», dijeron en el pueblo. «¡Cuánto le gusta el dinero!», apuntaron otras voces. Probablemente, si no hubiera abierto la hubieran *tachao* de floja y mantenida.

La investigación policial dio con dos sospechosos: el marido de la *mama* de mi niña y un colega suyo, un randa del pueblo de al *lao*. Un coleccionista de multas y denuncias que siempre acababa pagando su madre, que *pa* eso lo había *parío*. La pobre mujer echaba más horas que un reloj limpiando casas en la capital *pa* que no le faltara de *ná* al granuja.

Los dos perlas *acusaos,* al final, salieron absueltos porque tenían coartada. Alegaron haber *estao* esa noche en la casa de la madre de mi niña. Ella acudió al juicio en calidad de testigo. De esto me enteré yo estando ya en la capital, según los retazos de historias que me contaba mi *agüela* y el primo Ramiro, a quien cada vez iba llamando menos.

XXXII

Llegué al locutorio y había un matrimonio de personas payas haciendo unas impresiones. Era un matrimonio que pasaría los setenta años de edad. Ella llevaba el pelo *cardao* y no abrió la boca en *to* el tiempo. Él, con su chaqueta marrón tres cuartas, preguntaba por el precio de las impresiones y la encuadernación y la manera de que le saliera más barato: en blanco y negro, doble cara y con un par de grapas.

El señor del mostrador, el que hacía las fotocopias, le propuso que *pa* ahorrar más dinero podía imprimir un par de páginas en cada cara del folio. El hombre rechazó la oferta. «No, hombre, no. Eso no. Si quiero imprimirle el cuadernillo para que no se deje la vista en el ordenador, ¿cómo voy a imprimirlo tan pequeño? ¡Por un par de euros más no merece la pena!». Me miró y, dirigiéndose a mí, añadió: «Para mí no hay *ná* como el papel. En el ordenador te dejas la vista. Yo la veo frente al ordenador y me duelen los ojos hasta a mí».

Hablaba de su mujer. Se había *apuntao* a un cursillo de yo no sé qué *pa* la tercera edad y le habían *pasao* el manual en *pdf*. Ella no había *usao* nunca un *ordenaor*, pero aprendió a encenderlo *pa* ver las tareas y seguir el programa. Su esposo no quería que sufriera su vista, *asín* que tomó la determinación de imprimirle el material. ¡Qué romántico! ¿No? Que *haiga* un galán que le quite a una las ducas, sin que una tenga ni que pistar.

Eso pensaba al tiempo que me preguntaba cuánto sufrimiento no habrá *podío* ahorrarle él por no considerarlo sufrimiento, por no verlo, por tenerlo como normal, como cosas de mujeres, como quebranto natural femenino.

Llamé a la madre de mi niña *pa* felicitarla por lo bien que había *salío* el juicio. Ella me agradeció el detalle. Le dejé caer que había aquí, en la capital, un colegio con muy buena fama *pa* niños (y niñas) con necesidades especiales, por lo del accidente y eso. Le di la vuelta a la carta. Y ya estaría.

XXXIII

Amor de madre

Me pregunto si era *verdá* que iba a llevármela. Esa incredulidad tan propia de mi madre cuando lo inevitable no le convenía; de no ver lo que estaba delante de su napia. Esa *habilidaá* suya de mirar a otro *lao*, de cambiar de tema, de levantar un muro de cotidianidad entre la solución y el problema.

La aridez de mis gestos organizando la partida eran fruto del compromiso con mi decisión, *ná* que ver con el berrinche de lustros *incrustaos* en nuestra relación. También había algo de protocolo militar en la manera en que recogía las cosas de mi niña: una coraza que repelía los chantajes de otros tiempos.

Entonces la mujer, asustada como cuando era niña y el señor cura subía al púlpito, me preguntó que qué quería yo que ella hiciera. Su pregunta, paradójicamente, resolvió todas las dudas, incertidumbres y misterios *onde* había *germinao* el rencor que le guardaba. Comprendí el alcance real del poder de sus manos de mujer criada para serlo, y la liberé de la omnipotencia de madre.

A la luz de esta duda manifiesta, que la convirtió en humana ante mis ojos, tomaron *sentío* sus aciertos y errores. Sus batallas y sus decisiones habían *sío* torpes improvisaciones en el juego de la vida del que ni conocía las reglas ni tenía la valentía para inventarlas.

Resulta que, después de tanto reproche a sus maneras, lo suyo no había *sío maldá*, sino el alcance natural de dardos romos que se estrellan contra una diana de diminutos orificios. Huérfanos de puntería por su propia hechura, por la doma de siglos. ¿Cuántas veces más, como hoy, no la sobrepasaron las circunstancias mientras ni siquiera podía saber lo que se esperaba de ella? ¡Cuánto esfuerzo hacer lo que se cree que se espera de una!

Su pregunta quebró y reparó algo a un tiempo. Le dije, a secas, que no me lo pusiera más difícil. Se alejó, sin rencor, y preparó una capacha *pa* el viaje con los manjares que gustaban a mi niña. Mi *agüela* nos miraba atenta *ende* un segundo plano, como la actriz que espera entre bambalinas el momento de salir al escenario. ¿Sonreía?

«Una hija, hembra o macho, jamás puede engañar a su madre, porque las madres lo saben todo». Esta idea que sentía repetir a las madres de mi entorno durante mi infancia me atormentaba. El hecho de que mi madre, solo con mirarme, pudiera adivinar qué ocurría en mi interior me aterrorizaba. ¡Descubriría mis deseos!

Tengo un recuerdo nítido de una de esas conversaciones en concreto. Fue en el velatorio del chacho aquel suizo, al que *Dios mía* tenga en su gloria, pero cuyo nombre no recuerdo. Le decíamos el Chacho de Suiza o el Chacho suizo. Como tantos, escapó de la miseria del campo andaluz y puso camino a Europa. Uno de *munchos* que se fue sin contrato. Cuentan que en la inspección de la frontera lo echaron *pa* atrás porque tenía una muela picada. Entonces, al *desesperao* joven no le quedó más alternativa que burlar las líneas que los hombres habían *dibujaos* en la tierra. Las fronteras, quiero decir.

Al final de temporada todos los hombres volvían menos él. Sus compatriotas traían de él norte y a su hermana le hacía llegar dineros y *recaos*. Volvió *pa* morirse *onde* había *nació*.

El Chacho Suizo fue *enterrao* según la tradición católica de Andalucía. Por aquel entonces los muertos aún se velaban en las casas. Pero como la casa del difunto era muy estrecha, se veló en la de su hermana. El ataúd, que acabaría entre muros de hormigón *pa* pudrirse en sí mismo, se dispuso en el comedor de dentro. Una sala amueblada al estilo de Versalles reservada para las ceremonias de pedida, vestir a la novia, recibir visitas formales y velar cadáveres. Esta sala estaba en todas las casas de Andalucía y se mantiene en algunas de Marruecos.

Los hombres se reunían alrededor de la lumbre en la cocina grande (*onde* dejó de guisarse cuando llegaron las hornillas de butano). En la cocina de guisar estaban las mujeres más cercanas a la familia. Allí estaba mi madre, siempre tan presta a la faena, junto con otras mujeres tomando café sumergidas en conversaciones que pasaban de lo cotidiano a lo filosófico en un par de comentarios.

Ella asentía con los labios *aglutinaos,* el entrecejo *alzao* y los ojos brillantes de *verdá* a la sentencia que decía una vecina de largas uñas rojas. Aseguraba que una madre lo sabe *to, to.* No registró mi memoria el resto de la conversación, ni el contexto de la misma. Pero cuando los ojos vidriosos de mi madre se fijaron en mí, me invadió el canguelo más absoluto. Salí de la cocina corriendo. Me dirigí al carro de mi prima pequeña *onde* había *escondío* unas empanadillas de chocolate que encontré sobre la mesa de la cocina grande. Yo las había *robao* y, si las madres lo saben todo, mi madre ya lo sabía. *Repasao* el crimen, me acerqué a abrazar a mi madre, que se deshizo de mí con un duro juicio sobre mi presencia: «Esta niña está *to* el día en chorro».

Sí, era *verdá.* Estaba siempre atenta a *to* lo que a ella concernía. *Mea culpa.* Mi perdición.

La omnisciencia de mi madre sobre mí y mis asuntos era una clara amenaza a mi reputación y al amor *merecío*. Según mis cálculos de niña entusiasta, de cualquier error *cometío* tendría que rendir cuentas ante mi madre; pues ella lo sabría por más que yo lo ocultara, porque las madres lo saben todo de sus vástagos. ¿Dejaría ella de quererme si supiera mis debilidades y derrotas? ¿Si supiera que yo no era la niña obediente y responsable que ella quería y que a veces copiaba los deberes de mis compis *pa* salir antes al patio? ¿O que dejaba que mis primos pequeños, de los que estaba a cargo, hicieran travesuras *pa* que mi tía los castigara y *asín* vengarme de su desacato a mi autoridad? Sin duda era un riesgo que no debía asumir.

Si echo la vista atrás, puede que fuera en el entierro del Chacho suizo *onde* empezaron a despuntar las alas de ángel que tanto pesaban sobre mi espalda. Debía de ser perfecta porque ella lo sabía todo.

¿Cuánto de cierto hay en eso de que las madres lo saben todo? ¿A qué edad de las hijas dejan las madres de saberlo todo? ¿Cuántas veces me ahogué en quebranto a la vera de mi madre sin que ella se *guipara*? O quizás, sí. Quizás sí lo sabía y lo que ignoraba era la forma de ayudarme. Debe de ser muy doloroso *pa* una persona saberse impotente ante el sufrimiento de alguien a quien ama. Parece más fácil disimular la agonía, disfrazarla de banalidades, dejarlo en manos de Dios y limitarse a rezar con la boca chica.

Dice el clero cuando predica en el templo que Dios solo nos aqueja de aquello que podemos soportar, que Dios aprieta pero no ahoga. *Asín* que, mientras no se note *demasiao* la ludopatía del hijo, los cardenales en la piel de la hija, el cansancio, la infidelidad, el hastío, la borrachera... mientras sea el mal como el de *to* el mundo y acorde al género y la condición, puede una madre mirar *pa* otro *lao* y tirar de la fórmula patriarcal tan femenina de «no pasa *ná*».

¿Acaso no es tarea de mujer disimular lo que se siente *pa* no ser tachada de loca, ignorar lo que sabe *pa* no ser tachada de mentirosa? ¿Acaso no están las mujeres *adiestrás ende* la infancia a dudar de lo que quieren, de lo que saben? ¿A estar inseguras sobre lo que presienten o han *vivío?* Hacer lo que se supone que se espera de ellas: oír, ver y callar.

XXXIV

Amor de padre (ausente)

¿Qué quieres ser de mayor? Es una pregunta trampa que encierra varias falacias. La primera es que durante la infancia no se es *ná* y que *pa* «ser» se ha de esperar a ser adulta. La segunda trampa es la idea de que habrá (o hay) un momento específico, *establecío, estipulao,* en el que por arte de birlibirloque una criatura se convierte en mayor y entonces ya es eso que soñaba en su infancia.

El día que me instalé en la *sobriedá,* tras mi fugaz y rebelde adicción, no sonaron trompetas de éxito ni hubo una gala honorífica. Tampoco puedo fijar en el almanaque un antes y un después *definío.* Fue la sucesión de una interminable cadena de «pequeñas» decisiones y momentos que me llevaron a completar los cuarenta días de catarsis que me autorizaron moralmente para traerme a mi niña conmigo.

En el pueblo, el susurro del que me valía *pa* ser custodia de la masculinidad más enferma era que tendría tiempo de quitarme cuando llegara a la *ciudá.* Cuando llegué a la urbe me decía que dejaría de ponerme cuando llegara mi niña.

Al poco de empezar exilios en los lavabos, partidas de *Mario Bros* en mis salidas nocturnas, pavoneos de gallo del corral bajo el lema «si ellos pueden yo puedo»; tras las veinte o treinta primeras dosis de vicios *variaos esparcías* en el tiempo, me *guipé* de que el vacío se ahondaba un poco más en cada día de resaca. Porque la bendita alquimia que tantas posibilidades me ofrece se desvirtuaba en el escenario de sombras *onde* yo salía a actuar. Era *demasiao* lista *pa* echar ese elixir a los cerdos.

Pero la droga (la que tú quieras, ¿*scroll* infinito tal vez?) es más lista que una y «ha *tirao* torres más altas. Todas las hemos visto caer», me repetía una de las tantas voces que se atropellaban en torno a mi glándula pineal. Mientras otras se callaban, esta seguía indicándome que me *trolleaba* a jopo en un tono sereno y firme. ¡*Mare meua Undibel*! ¡Cuántas infinitas formas de mentirme tenía! ¿Has *sentío* decir alguna vez que las yonquis mienten? Crecí pensando que echaban embustes por dinero, pero lo cierto es que lo hacemos. Mentimos y nos mentimos en una búsqueda frenética de paz mental; una autoficción *pa* validar nuestros resilientes errores.

Cuando le preguntaban a mi niña que qué quería ser de mayor, decía que piloto de Fórmula 1. Yo ya le había *escuchao* decir esto alguna vez. Todas las mujeres quieren ser algo que agrade a su dios-padre, que proteja al dios-hijo, que enorgullezca al santo espíritu. A lo largo de las diferentes etapas de la vida, el afán por agradar se dirige a un vértice diferente del trinitario misterio, pero la gracia de la servidumbre se mantiene. ¿Te parece *demasiao* católico-céntrico? Te reto a que lo eches por tierra. Independientemente del disfraz cultural con el que se quieran vestir los ritos en la intimidad de la familia, el dios omnipotente lo rige la lógica trinitaria y se cuela por la tele, por la música, por las noticias. La ideología dominante es la de las élites dominantes. Bienvenida al Reino Borbón.

Cuando trajimos la tele veíamos vídeos en grande, de risa y de *to*. También poníamos programas, películas, y el trato era que cada una de nosotras elegía, porque ver la tele en familia también es educar. Cuando me tocó elegir qué vería la familia en la tele, dispuse un programa de carreras de Fórmula 1. Eternos noventa minutos. Mi *agüela* hacía como si le diera igual y alternaba vueltas a la sarta de cuentas con cabezadas y siestas. Mi niña se aburría. La veía aburrirse. La segunda vez que dije que quería elegir una carrera histórica, ella me dijo que no era menester; que a lo mejor ella ya no quería ser piloto. Ya quería ser cocinera de comedor escolar para poner más días a la semana macarrones con nata. Inventé que esa era también una de las comidas favoritas de su padre. Ella alegó que lo sabía. Le conté una vez que comimos tantos macarrones con nata que luego tuvimos un accidente de incontinencia fecal. Reímos *muncho* con aquel recuerdo *construío*.

Benditos padres que miran a sus hijas. Benditas hijas que miran a sus padres.

XXXV

Avisé a mi madre de que habíamos *llegao*.

La llamé diariamente durante los días siguientes *pa* mantenerla informada de todo el proceso: la inscripción en el cole de la niña, la nueva rutina, la adaptación de mi horario laboral, las incursiones de mi niña conmigo en el trabajo.

Tras la pantalla del *movilaco*, mi madre lucía una sonrisa *engalaná* de tristeza; una mueca cartesiana que decía que *to* iba bien. Bien. Bien. ¡Qué palabra!

Yo veía la penumbra de su sonrisa presidiendo el silencio de sus palabras y volví a aquellos tiempos de mi infancia en los que me esforzaba por complacerla, sin apenas conocer su gusto ni, *munchísimos* menos, la fuente de la que emanaba su aflicción. ¿Es que ella lo sabía?

Me figuré que los pleitos por la custodia de la niña habían hecho mella en su sentir. De sobra es conocida esa maldición que desea «pleitos ganes». Hace referencia al arduo camino de la burocracia paya y la crueldad de su justicia.

Mi madre no quería que me trajera a la niña. La criatura era el polluelo que reafirmaba su identidad de mama gallina y calentaba el nido, tan vacío después del accidente. Hay algo de enfermo en ese amor *condicionao* a la permanencia de un ser en un lugar *onde* no le cogen las alas abiertas.

Por su parte, la madre de mi niña se había *convertí* en un cuco de alas rotas que reclamaba a su cría en favor de su errático antojo, según el canto del sisón.

Era una persona inteligente y una *güena* mujer. Como «*güena* mujer», en la lógica patriarcal, no supo elegir bien el jardín que abonar. También te digo que, si fuera tan lista como yo quiero pintarla, se *fuera coscao* de que supeditar el propio bienestar a los deseos de un hombre no le aportaría felicidad ni esparcimiento. ¿Y si no quería ser feliz? ¿Y si lo que quería simplemente era ser aceptada? A lo mejor era tan inteligente que sabía que la única forma de ser aceptada en una comunidad machista y androcéntrica es poner los dones de una al servicio del deseo masculino que el patriarcado construye. ¡Ojo a esto! Deseo masculino *construío* por el patriarcado.

¡Más inteligente era yo y mira lo que consentí en Perpiñán! Mi miedo a la soledad emanaba de la misma fuente que el deseo de la madre de mi niña de complacer. El género.

Si todas las mujeres fueran complacientes del mismo modo —madres gallinas, abnegadas esposas—, ¿dónde iban a ir los hombres a divertirse?

Me puse en contacto con la asociación de *agüelas* por Derecho. En su página web reivindicaban el derecho de las *agüelas* a estar en contacto con las nietas (hembras y machos) después del divorcio de los padres.

En *verdá,* era una asociación financiada por machirulos maltratadores con poder a quienes la justicia les había *negao* el derecho de ver a las criaturas de la mujer a la que maltrataban, por estar las infancias en riesgo. Entonces, atacaban con la casa de sus madres. Estas madres, las *agüelas* paternas, acabaron como escudo humano en la lucha machista.

En las dos o tres reuniones a las que fui no me encontré ni con una *agüela* materna. Eran todas *agüelas* paternas que hablaban de la mala suerte de sus hijos, de la maldad de sus nueras y del amor por sus nietas y nietos.

El *abogao* que me atendió era un granuja irremediable. Lo *güeno* de tener todas las faltas, como me pasa a mí, es *guiparse enseguía* de las ajenas. Me ofreció dos caminos y varias formas de pago; aunque él prefería dineros, estaba dispuesto a cobrarme en carnes. Qué asco de tío.

La primera estrategia era la más pacífica y consistía en *entollinar* una petición de traslado de la niña bajo mi tutela «por su bien», alegando informes psicológicos y pedagógicos de forenses con los que la asociación estaba en contacto y que solo podía pagar con dinero: alrededor de trescientos euros cada informe. La segunda vía tenía un carácter más bélico: echar por alto la vida de la madre de la niña *pa* que la justicia se la quitara. Opté por la primera opción porque no se trataba de destrozar la vida de nadie, sino de hacer todos los nidos más habitables.

Además de que yo sí creía que éramos familia. Que yo iba al volante el día del accidente y que su pérdida también era mía. Pero *sobretó*, yo quería que ella tuviera la *posibilidá* de empezar de nuevo y sé que la descendencia condiciona por completo, y *pa* mal, la vida de las mujeres en las sociedades modernas.

XXXVI

A mi vieja amiga Miranda poco a poco la fui perdiendo, si es que alguna vez la tuve. Cometí el error de dejar en evidencia a su novia. A decir *verdá*, era ella misma la que dejaba ver el corto alcance de las luces de su intelecto.

Yo entiendo que *pa* saber había que preguntar, pero defiendo que también hay que callarse, que observar. Que oír, ver y callar *pa* finalmente decir algo con *sentío* y no ser una portavoz más de la ignorancia colonial del mundo moderno.

Las preguntas de Cris tenían como objetivo reafirmar sus ideas sobre lo que preguntaba. No tenían un interés genuino o inocente. Me callé las primeras veces; fui didáctica las que más. No señalé su juicio racista, me contuve, me mordí la lengua, me tragué la sangre. Y todo esto mientras veía a mi vieja amiga descomponerse ante nuestras conversaciones, haciendo amagos de mediar sobrecogida. Aguanté una y otra vez que la eligiera a ella, que se pusiera de su *lao*, que se pusiera a salvo. Al fin y al cabo, ella era su novia y yo solo fui su amiga en un momento de nuestras vidas que distaba *muncho* de ser el mejor. Solamente su amiga.

Ende el primer momento, Cris se mostraba incómoda con la idea de que Miranda pudiera relacionarse con alguien como yo. ¿Alguien como yo? Sí, alguien difícil de encajar en sus categorías coloniales. O por lo menos con las historias que yo traía a las pocas tardes en las que nos juntábamos a beber manzanilla. Al fin y al cabo, el consejo de Cris fue que no acudiera a la cita con el señor del café de la rotonda. Y yo no solo había *ío,* sino que me estaba yendo bien el negocio *emprendío.* De alguna forma, la buena ventura de la empresa era un desafío a su juicio. Me recomendó no ir, la desafié y estaba sacando provecho. Ella se equivocó. Pero si Miranda fue consciente del desatino de su amada, jamás hizo ninguna referencia delante mía.

No fueron los mejores años de nuestra vida cuando nos conocimos. Estábamos en etapas parecidas de exploración y apuesta por lo que *pa* nosotras era hasta entonces *desconocío.* Aquella torpe valentía nos unía. Hubo momentos de apoyo, de risas. Hablo de hace un *puñao* de años cuando conocí a Miranda. Éramos tan raras, tan marginales, tan alternativas a la norma, que aquello nos unía. No podíamos juzgar la rareza de la otra porque más raro era «lo nuestro». Y no era nuestro *tavía*; era un nuestro que estaba por descubrir.

Allá cuando nos conocimos podíamos habernos *elegío* para sostenernos en el tiempo. Pero elegimos *maríos* y *fiolos.* Elegimos reforzar el vínculo («de pareja») que la moral de nuestra época colocó en la cúspide de la jerarquía relacional.

Le propuse venirse a Perpiñán; podía haber *salío* del bucle con aquel proxeneta. El gachó no era más que un yonki *malcriao* sin ningún tipo de poder real ni redes de coacción más que la influencia que ejercía sobre mi malograda amiga. «Mira, prima, vente. Si el serrano te persigue, allí mismo lo enterramos. ¿Qué más puede hacerte que ya no te *haiga* hecho? Aunque no va a venir *pq* desgraciadas como tú tiene otro par de ellas». Eligió al putero aquel y ahora a la flipada esta. Nunca me elegía. Su rechazo me volvía hacia mi reflejo y pensaba: ¿a quién que me hubiera *elegío* a mí no estaba eligiendo yo?

Cualquiera que me sienta cavilar en estos términos podrá decir que no es lo mismo una pareja que una *amistá*. ¿Qué tiene de más o de menos la una que la otra? ¿El sexo? No. La pareja. Es la institución de la pareja la que hace que esta relación tenga prioridad por encima de todas las demás. Aunque no *haiga* sexo, aunque no sea segura, aunque te cueste los dineros.

Si esto alguna vez fue un exclusivo de las parejas heterosexuales, ha *ío* calando poco a poco en todos los modelos relacionales. O eso me parece a mí. ¿Cuál es el orden social que da prioridad a la relación de pareja por encima de todas las demás? ¿La monogamia? ¿Qué otras opciones hay? Ni lo sé, ni voy a buscarlo ahora. Pero la monogamia va más allá de mamá y papá. Es piedra angular para el amor romántico, la violencia de género, la especulación inmobiliaria y la soledad individualista.

No hay cuarto en esta casa *onde* quepa una cama tan grande para que podamos dormir en ella todas las mamíferas que componen la manada. Hablando de cosas materiales, ¿cuánto me queda de paro? ¿Me quitarán a la niña si me quedo sin ingresos formales? Es muy poco literario hablar de jurdeles en un libro, pero resulta que si no fuera por el precio del alquiler aquí se divorciaba hasta quien se casa con Dios.

XXXVII

La segunda vez que vi a J. O. fuimos a un polígono industrial medio *abandonao*. Nos acercamos hasta una nave. Salía de dentro el *ladrío* de dos perros feroces y, antes de llamar, se abrió la puerta personal. Salió un hombre *delgao,* joven, con cicatrices en la cara, *vestío* con un chándal. Los canes salieron *disparaos* a saludar a J. O. y también pusieron sus patas delanteras sobre mí y casi me tiran.

En un rincón de la nave, el guarda tenía *montao* un saloncito con un campin gas y sobre él ahumaba una tetera. «Esta gente lo que tiene es la limpieza, cualquier español tendría esto hecho un asco», me dijo J. O. como si el otro no estuviera; me figuré que no entendía.

Por el resto del espacio se amontonaban bolsas, cajas y paquetes de lo que luego supe que era moda traída por Argelia, fabricada en China y Turquía. También se veían amplificadores, altavoces, focos, etc. Cuando pregunté por *to* aquello, J. O. me respondió con brusquedad que si los quería me los vendía. En esa destemplanza descubrí la herida en la que no quise hurgar.

Él estaba buscando a alguien que le ayudara a sacar eso fuera. Tenía la mitad del negocio, la mercancía; le hacían falta los permisos de venta y alguien que lo ayudara. Por lo que fuera, él no quería hacerlo solo. Alegaba que las mujeres saben mejor de venta y perjuraba que jamás volvería a trabajar con las de su familia. Tampoco quise indagar, porque todo esto me lo refería de forma errática y sus justificaciones tenían un cariz de monólogo interior *reservao* que pujaba por salir, pero que no tenía la entereza o las herramientas.

Su padre sabía que yo reunía los requisitos. Tenía garbo en la talla (era más bien gorda, como parte de la ropa que ahí había) y en el trato. Tenía mi nacionalidad española y podía hacerme pasar por su mujer en caso de que no me contratara con los papeles (porque tampoco era cuestión de hacerlo *to* en A y que costara más el collar que el perro). Tampoco yo tenía pleitos ni jaleos con la justicia. «¿Cómo podía saber eso de mí tu padre?». «Porque es adivino», me respondió.

No seguí preguntando.

Si yo le decía que sí, él echaba a andar los papeles. Estaba en periodo de prueba con el Estado y quería demostrar al juez que estaba *reintegrao* en la *sociedá*. Además, era *güen* copiloto. Me entró un temblor en el cuerpo. ¿Iba a conducir yo?

Llegamos rápido a un acuerdo. El destino nos había puesto delante lo que queríamos, y a mí me daban tentaciones de locura provocada por el vértigo de ver los deseos *cumplíos*. Dopamina *pa* disuadir el miedo que me daba ver *concedío* eso que estaba pidiendo. Tenía ya ganas de quitarme de la ventana *onde* le vendía hachís a la gente del barrio *pa* sacarme treinta y cinco euros *pelaos* al día, jugándome la custodia y la *libertá*.

¿Cuántos días, horas, meses, semanas llevaba de abstinencia?

Aquella noche, cuando estaba *acostá*, *me se* vino a la mente un pensamiento que me quitó el sueño: acababa de vincularme con un hombre ante el que había *cedío* tres veces antes de empezar la relación (comercial, en este caso).

Me conformé con la enigmática respuesta de que su padre era adivino porque entendí que se sentía incómodo entre lo que pretendía ser conmigo (como desconocida) y lo que yo había visto que era con su familia. Dejé pasar el reproche *cargao* de acrimonia cuando referí el equipo de sonido, porque me figuré que debía estar *relacionao* con parte de ese *pasao* que no quería revelar. Me conformé con sus incógnitas y respeté sus silencios, a sabiendas de que no tenía las herramientas *pa* desvelarlas sin mostrar una *vulnerabilidá* poco masculina *pa* su entendimiento.

Entonces, según mis cábalas, yo renunciaba porque lo entendía. Y como lo entendía, debía supeditar mi deseo curioso a su *voluntá* silenciosa. ¡Qué generosa en mi juicio para los hombres y qué despiadada para las mujeres! Sobre todo con aquellas que tanto me era menester querer.

Me levanté del catre buscando el almanaque *colgao* de la pared *pa* contar los días que llevaba fresca y me apunté a una recaída. Porque el vicio, la dependencia, no es solo a las sustancias. Hay muchas maneras de engancharse y engañarse.

XXXVIII

La ocupación en el *mercao* acallaba las voces angustiadas que gritaban en mi cabeza. Cuando esas voces guardaban silencio veía el mundo de otra manera: mi niña me parecía feliz al *lao* de la madre que le había *tocao,* el rostro de mi *agüela* recobraba la serenidad y la sentía cantar canciones de una guerra *ganá* y mi madre daba señales de reconocer mi magia.

Salíamos temprano, casi de noche. Montábamos el *tinglao.* Al principio yo me ponía a la altura de J. O. *entollinando* hierros y descargando cajas de mercancía. Conforme me fui dando cuenta de que cuando llegaban las tareas de hacer las cuentas, el inventario y otras más *relacionás* con el arquetipo de «secretaria» él se echaba a un *lao,* aprendí yo también a dejarle su espacio y salvaguardar el mío. ¡No iba a empezar derribando las dinámicas patriarcales por las pocas licencias que me concedía!

Me gustaba ponerme la ropa que vendíamos. Era la mejor modelo a ojos de mi jefe (y a los míos). Lo veía mirarme de reojo mientras me afanaba con las ventas y las clientas empeñadas en regatear. ¿Acaso regateaban en las tiendas de Amancio Ortega?

Contar el dinero, fotografiarme con los billetes de veinte y llevar las cuentas de montos tan *reducíos* era fácil para mí. Lo más *complicao,* a lo que no acaba de acostumbrarme, era a los papeles y la burocracia: a pedir, modificar, reclamar permisos, alargar el cupo, modificar cuotas.

J. O. me acompañaba. Cuando entrábamos a la administración veía en su cara el reflejo de quien está en corral ajeno. Yo también, ¿por qué? ¿Acaso no éramos de este país? ¿Acaso no sostenemos con nuestros impuestos el sueldo de cada una de las personas funcionarias que atienden las ventanillas? Era como si nuestra memoria vieja, de repente, recordara que perdió la guerra y que el Estado, que se levantó sobre las muertas de las cunetas y las riquezas robadas, no nos pertenecía a pesar de la literatura democrática.

J. O. no llegaba a esta cavilación tan honda. Él simplemente se enfadaba, se turbaba sin saber por qué alegando argumentos simplistas, mientras yo asumía el rol de contenerlo, olvidando contenerme a mí. Después de nuestras visitas a la administración, cuando ya habíamos *solucionao* los fletes de los papeles, yo me pasaba un par de días triste y él no entendía a son de qué. Ni yo, aún, era consciente que se debía a mi propio abandono. No había mes de trámites en los que menstruar no fuera un suplicio.

Los días que íbamos de papeles le insistía *pa* que se quitara el chándal. Yo me ponía pantalones vaqueros a la moda impuesta por el autoproclamado Occidente. Me aflojaba el moño, por supuesto *ná* de pañuelo en la cabeza, y en las oficinas evitábamos el ceceo. «Que da igual *to* eso, que cada cual es como es», dicen. Pero sabemos que la ley hay muchas formas de aplicarla. Y aun *teniéndolas* todas de nuestra parte, es más fácil si se cuenta con el favor y la simpatía de la funcionaria de turno, sea macho o hembra. Además, en las instituciones de la Andalucía española aún no se ha *eliminao* ese servilismo caciquil impuesto a golpe de hambre y fusil por los siglos de los siglos.

Los deseos se cumplen. Quería una ocupación, un trabajo en B. Con el dinero del paro seguía engordando la alcancía *pa* mi niña. Pero algo en *to* esto me consumía, me sonaba a matrimonio viejo, me colocaba de nuevo en el lugar de «la mujer de» y me hervía la sangre. Iba a seguir *palante* y que *Dios mía* me conceda el don de ahorrarme el viaje a la fuente en que se quiebra el jarro.

XXXIX

Cuando echa a andar el carro se menean los melones.

El salto hacia fuera del circuito circular del vicio no me llevó a *onde* quería llegar, pero me sacó de *onde* estaba.

Instalé una aplicación que limitaba el tiempo de uso del teléfono y evitaba que *me se* diluyera la energía en la espiral de luz pegajosa de la pantalla. Me sentía como con la metadona.

Sin la resaca incrustada en la conciencia era más fácil salir a dar vueltas a las Tres Heridas. Las grietas del techo del cuarto comenzaron a sonreírme y el vecindario dejó de ser hostil. Sin la distorsión de los impulsos y las emociones desbordadas, era capaz de agarrar el timón y hasta izar las velas del barco con una certeza prudente (*tavía*) de que soplaría el viento a favor.

Mi madre por videollamada me contó que comenzaron a llegar al pueblo hombres con corbata y maletines. No iban puerta por puerta, sino a las casas *onde* siempre habían *llamao* las oportunidades. Iban a las casas de «los de siempre» a ofrecerles ganar más dinero; *asín* al resto se le iban poniendo los dientes largos.

Luego se fue corriendo la voz de que don Fulanito o don Zotanico (que no eran ni marqueses ni duques, sino más bien guardianes locales del orden establecido) habían *arrendao* o *vendio* sus tierras *pa* poner placas solares. ¿Qué son las placas solares? ¡El futuro!

Decían que *onde* ponían placas solares la vida se resolvía. Porque *asín* se olvidaban de seguir luchando con la tierra, de pedirle al cielo que lloviera y de mendigarle al gobierno la subvención. A ver quién tenía la suerte ahora de que las corbatas llamaran al timbre.

La información que llegaba sobre el impacto en la flora y la fauna local de la instalación de estas plantas en el terreno era bastante sesgada, porque la ofrecían las mismas multinacionales (vestidas de rojigualdo) interesadas en producir en Andalucía energía renovable *pa* venderla en Europa. Al mismo puro estilo del *fast fashion* que cose en Bangladesh *pa* vestir maniquís en Toledo.

Tampoco se pronunciaban estos informes sobre el impacto que tendrían dichas instalaciones en el drenaje de agua de lluvias, que podría arramblar terrenos próximos, o en las modestas explotaciones agrícolas que se repartían por la zona.

Lo importante parecía ser que arrendando a cien años (o más) la tierra que da el sustento, las familias propietarias podían tener unos ingresos anuales limpios y sin la preocupación de atender la labrantía. Que la cantidad a recibir estuviera sujeta a unas condiciones del mercado mundial, escritas en letra tan chica que nadie llegaba a leerla, no era un tema de conversación agradable.

Que si alguien arrendaba las tierras tenía que pagar la luz al precio que estipularan las empresas privadas tampoco era algo a lo que se le prestara mucha atención. Que las multinacionales iban a sacar una tajada descomunal de la instalación de placas en las tierras privadas de cultivos, mientras las comunidades locales seguían pasándolas canutas y desollando hambre, era algo que se veía como natural; porque siempre iba a haber ricos y pobres.

Asín fue como los olivos fueron *arrancaos,* los trigales *dejaos* en barbecho. Los monstruos de hierro y cristal fueron conquistando con su aridez el horizonte, callando a las aves y tragándose la luz que daba nombre al país.

XL

La familia no se elige. Se eligen las amistades, las socias, la compañía, los vínculos, pero la familia no.

La forma de organización familiar extendida, la familia nuclear en la que mamá y papá duermen *juntis* mientras las crías lloran solas en sus cuartos, tienen pesadillas y se mean en el colchón, tampoco la hemos *elegío*. Viene dada con la modernidad, el ritmo de la vida, el diseño de las ciudades y la configuración de las viviendas *onde* no hay sitio *pa* las *agüelas*, hembras y machos, y hay que llevarlos al asilo, a la residencia.

XLI

Karima significa noble, honrada, digna. Es un nombre árabe y con un fuerte componente islámico, ya que Karim es uno de los nombres de Alá. Digo Karim, en masculino, porque los textos que se referían a Alá en femenino han *sío quitaos* del medio.

En las partidas de nacimiento del mundo árabe escritas con letras latinas, el nombre de Karima se transcribe *asín*, con k, por la influencia del inglés y el francés, digo yo.

Cuando yo tenía doce años, mi *agüela* me regaló un cuadro con mi nombre *bordao* y puso Carima con «c», que es como a ella le sonaba que se escribía; ya que la c con la a es ca como en casa. *Ende* entonces escribo mi nombre con C. Creo que mi *agüela* aprendió a leer y a escribir el mismo año que bordó aquel cuadro.

Podría aventurarme a decir que fue de las primeras veces que se escribió mi nombre. Porque en el registro civil mi madre me inscribió como Carmen, siguiendo el sabio consejo de aquellos moros de cristianos nuevos que llegaron al pueblo y que enseñaron a cubrirse las espaldas por si un día alguien levantaba la cabeza. Fueron tres o cuatro matrimonios los que llegaron en los ochenta, *muncho* antes de yo nacer. De esas seis personas, más de la mitad eran militantes de la Joven Guardia Roja y otras organizaciones de izquierdas que sabían muy bien lo que era vivir en el punto de mira del poder político.

Llamarme Carmen, de cara al Estado, me ha *ahorrao* muchas sospechas por parte de la autoridad y muchas conversaciones cuando he *querío* evitarlas. ¿Cómo se llama? ¿*Passing*? Curiosamente, hasta el día de hoy, cuando me presento como Carima y manifiestamente «de aquí», hay quien me pregunta: «¿Es tu verdadero nombre?».Y es que hasta quienes se jactan de ácratas reconocen la autoridad suprema del Estado (dios, padre).

No es necesario usar nombre árabe si tu religión es el islam. Pero en aquella efervescencia política y nostalgia identitaria, *munchos* súbditos del rey Borbón que «regresaron» al islam sentían la necesidad de honrar la lengua andalusí por *antonomasína* en el nombre de sus vástagos.

Quienes me conocen de entornos formales me llaman Carmen. Quienes me conocen de toda la vida me llaman Carima, y lo escriben *asín* con «c» como dedujo mi *agüela* que se escribía. Quienes quieren empatizar con mi verdadero nombre lo escriben con K, que es como se escriben la mayoría de Karimas del mundo.

Recibí un mensaje de WhatsApp de un número que no tenía *guardao* en mis contactos que decía: «Carima, tenemos que hablar. Dime cuando te llamo». Era mi hermana. ¿A son de qué? ¿De qué teníamos que hablar?Y del tirón me sentí culpable, como si fuera a recriminarme algo. La relación con mi hermana, forjada en recuerdos de infancia, tenía dos ejes de articulación: la culpa y el reproche.

La imagen de ella llorando *desconsolá* en la cama del cuarto que compartíamos. Su cara roja, su grito *herío* y *ahogao*.Yo, *apontocada* en el quicio de la puerta, entendía su llanto; decía que estaba harta. Cuando me veía que la miraba me echaba y yo creía que la culpa de su quebranto era mía, por haber *nacío* y obligarla a compartir habitación.

Luego se fue. Se fue a una edad que no es la propia de irse. Pero no se fue como yo, con un plan por delante. Se fue y lo dejó todo detrás de sí. ¿Qué le habría *pasao?* ¿Alguien además de ella sabía la razón de tanta amargura? *Arreor* de su persona se fue creando un cerco de silencio.

Conforme fui creciendo, la culpa por haber *nacío* se fue convirtiendo en culpa por no entenderla. ¿Qué le hizo marcharse con aquella vehemencia? Las veces que volvió siempre lo hizo sola. No trajo ni novias, ni *maríos,* ni amistades. Vino cuando hubo que enterrar a alguien. ¿Un par de veces o tres? No hablaba de su vida, ni de dónde estaba, ni cómo le iba. Su hermetismo no daba pie a conversación. Tampoco preguntaba por su cuarto. Ella se las apañaba en el salón o en el cuarto del corral. Su frialdad, su aire militar lo reconozco en mí, *asín* que ella también lo habrá heredado de alguien. Quien a lo suyo parece, honra merece.

Me *fuera gustao* saber más de ella. Conocerla, tenerla de hermana, como otras tenían. Ella, que era la más grande, se fue y yo me tuve que quedar cuidando de nuestro hermano pequeño y otros primos. Cuando veía a mi madre llorar o desesperarse pensaba que era por la ausencia de su hija. Entonces le reprochaba la huida que tanto lastimaba a mi madre; además, *me se* agarraba una pena a la garganta ante la certeza de que, si yo me fuera, ella no lloraría tanto como lo hacía por su otra hija.

Sus ojos no me miraron con culpa ni con lástima en el entierro de mi hermano y del niño. Creo que no me miraron. ¿A quién mirarían? ¿Se estaban escondiendo? Mientras buscaba sus ojos esquivos con los míos reviví algo de aquella culpa de la infancia. Aquella llamada despertó en mí *muncho* más de lo que estaba preparada para afrontar. Su voz fría, distante, automática, que hacía preguntas y formulaba propuestas como si fuera la gestora de la familia en lugar de mi hermana. Al reconocer su voz detrás del aparato, creí que aquella llamada era para acercarse, pero su plan estaba *situao* en las antípodas de mi deseo.

¿Qué me tenía que decir? Empezó diciendo que ya solo quedábamos ella y yo. Que mamá estaba vieja y cuanto menos preocupaciones tuviera mejor; que bastante tenía aquella mujer con lo que había *pasao*. Me preguntó cómo estaba de dineros. Planteó, firmemente, la idea de vender la *aza* que teníamos en herencia con la conformidad de mamá, a quien siempre le venía bien un plus de *jaliyeles*. También estaría la madre de la niña encantada de custodiar la parte que correspondía por herencia.

Ni la *sobriedá*, ni la satisfacción que tenía con mi vida, ni *to* el esfuerzo consciente que hacía *pa* mantener el equilibrio aguantaron aquella llamada. Y *munchísimo* menos el aluvión de ideas y supuestos que *me se* vinieron a la cabeza. Cuando acabó la llamada, yo solo había *atinao* a responder con monosílabos. Me *fuera gustao* preguntarle para qué quería el dinero, preguntarle por su vida, saber algo más. Acercarme. Derretir el hielo.

Sentí que el abismo entre nosotras se agrandaba. ¿Habría *hablao* antes con mamá?

XLII

Fue el guarda de la nave, del almacén, quien me dijo que en otro tiempo J. O. había hecho sus pinitos en la música. Cuando se puso de moda lo urbano, lo marginal; en tiempos en los que no hace falta saber cantar ni siquiera tener remota idea de música, porque con un iPhone y un par de aplicaciones te haces algunos temas.

Al principio eran él y unos colegas haciendo rimas soeces en el parque, para después ir luciéndose en reuniones con amigos. Hasta que uno de ellos tuvo la idea de tirar *palante* y hacer las cosas «bien».

Se compraron aquellos artilugios *pa* grabar, aunque no los usaron *muncho*. Un productor dio con ellos, los llevó a un estudio de *verdá* y a algunos programas de la tele y festivales de músicas urbanas emergentes, *onde* eran *presentaos* como «chavales del barrio»: el fetiche barriobajero de los pijos que dirigían la industria.

Ellos eran un símbolo de que «todos» podemos. Seas de *onde* seas y vengas de *onde* vengas, «si lo haces bien», triunfas.

¿Qué es triunfar? Los tres chavales empezaron a ver dinero. Compraron una casa fuera del barrio *onde* mandaron a sus madres, quienes volvieron aburridas al poco tiempo, y se hicieron con todo aquello con lo que se supone que sueña un chaval de barrio: armas, coches, drogas, marcas, etc. En fin, *to* el *atrezzo pa* ser un capo.

Se creyeron los estereotipos que pesaban sobre ellos. Si bien no eran capos, ni eran nadie, tenían un perfil en redes que decía *to* lo contrario. *Asín* que, cuando empezó a haber redadas en el barrio en aras de despejar aquello *pa* los Tiger, los Ibis y los Starbucks, el postureo de internet jugó en su contra y les cayeron algunos años en prisión por diferentes causas difíciles de desmentir. A algunos más que otros.

El guarda no me dijo tanto, pero yo lo busqué por internet y pregunté a sus primas los martes cuando íbamos a comer arroz.

¿De *verdá* querían las armas? ¿Qué les llevó a querer comprar coches que no podían mantener? ¿Quién maneja la barca de nuestro deseo?

XLIII

El arroz de los martes se fue convirtiendo en una obligación que cada vez me gustaba menos. La familia de J. O., como la mía, como tantas muchas, era *to* lo que yo no quería *pa* mí y *munchísimo* menos *pa* mi niña.

La separación de roles por género, las voces, los privilegios, los intereses, las mentalidades. Me esforzaba por crear *pa* mi niña espacios seguros de experimentación y reflexión. Invitaba a sus compis del cole a la casa y yo me involucraba en sus juegos (sin chispitica de ganas) con el fin de mostrar que otro mundo era posible.

Un poner: si traían muñecos de bebés (este era el caso más difícil), en lugar de jugar exclusivamente a mamás, jugábamos a operar como cirujanas o a estudiar la conducta de las criaturas como científicas. Este juego molaba *muncho* porque nosotras éramos a la vez los muñecos y las científicas, y la dinámica tenía *muncho* de psicoanálisis. Cuando traían maquillaje (sí: pintalabios, sombras, coloretes, etc., *heredaos* de otras mujeres de la familia), íbamos más allá de los *make up* típicos y exploramos la caracterización, la fantasía. Era agotador, pero lo hacía por la causa; era mi obligación como adulta de referencia ampliar horizontes.

Pero el martes, en el arroz, *to* se venía abajo. No solo en el arroz; en casi *tos* los encuentros con las otras familias y con la vida fuera de nuestra burbuja. También con las familias alternativas del huerto urbano. ¡Es imposible estar *to* el día en guardia frente al avance del sistema!

HAFSA ARRABAL

Cuanto más cercana es una relación, más permeabilidad emocional. Por otro *lao*, la autoridad simbólica de algunas figuras como la prima mayor, la tía o la *agüela* ejercían una influencia que yo veía como peligrosa en mi niña. Yo sabía que era más fácil pintarse los labios y que todo el mundo diga «¡ay, qué guapa!» que pintarte la cara de mariposa y tener que ir dando explicaciones de que no estás de carnaval. ¿*Me se* entiende? Quería salir de allí. Otra vez huir.

La relación laboral y personal se estrechó a pasos agigantados. Menos el martes, todos los días salíamos a la venta. Entre semana cerca, *pa* ir y venir a por mi niña al cole. Los fines de semana, como la niña se venía, íbamos a *mercao* de los pueblos del cinturón de la *ciudá* y más allá.

Me veía más segura, más determinante en mis deseos y mis límites en este tándem que en otras relaciones. Aun *asín*, venía de *onde* venía y no había *dao* lugar a raspar *tos* los picos. Nuestra relación era comercial, pero teníamos dinámicas de pareja; sobre *to* en lo que al género se refiere. Por ejemplo: si a él no le gustaba algo no lo hacía, mientras yo me aguantaba y me sacrificaba. ¿Cuánto llevábamos *asín*? ¿Un año y pico?

Aquello no era mi empresa vital, ni mi objetivo en la vida, ni mi sueño; *asín* que podía permitirme el lujo de dejarlo. Aunque como ya no me quedaba subsidio, tenía que buscar otra fuente de ingresos antes de lanzarme a la separación. Porque, como no estaba dada de alta, tampoco me pertenecía subsidio por desempleo cuando lo dejara.

Una pequeña ayuda por la niña de ciento y pico euros al mes la seguía cobrando su madre. Yo me lo tomé como el precio a pagar por evitar líos, aunque tenía *firmao* el permiso de mi madre que era parte de la patria potestad. ¡Qué *jartura* de papeles! ¡Qué *jartura* de trampas! ¡Qué *jartura* de tejemanejes! Estaba segura de que había una manera más fácil de ser feliz, pero a mí me había *tocao* esa por herencia y estaba pagando los costes.

Justo en ese tiempo no podía quejarme. La madre de mi niña estaba con su novio aquel echando temporadas en Europa; se habían *quitao* del medio. La familia había *alquilao* las fincas a las placas y se habían «*liberao*» de la labranza y de estar pendientes. *Asín* que cada cual por su *lao*.

XLIV

Las desgracias nunca vienen solas. ¿Será *verdá?* A mí me parece que, cuando la desdicha asoma a algún aspecto de nuestra vida, la desesperanza se va extendiendo a todas las demás áreas y hay que estar pendiente de que no se propague como la peste.

La llamada de mi hermana fue el reclamo de todos los pesares que cabían en mi mundo. *Pa* empezar, *me se* despertaron unas ganas locas de tirarme al vicio, de sucumbir a la evasión fácil. Ahora, justo ahora que no tenía dineros (¿no tenía?) *pa* financiar un apoyo terapéutico.

Por su parte, mi *agüela* no acudía a consolarme. Hice todas las invocaciones, los bailes y las llamadas de auxilio que siempre habían *funcionao,* pero esta vez no daba *resultao.* Como si me rehuyera, no aparecía ni en segundo ni en tercer plano, ni sentada frente a la tele, ni susurrando en la mecedora. Quería preguntarle a ella por mi hermana. Nunca le pregunté directamente porque, de alguna manera, yo también asumí que de «eso» no se hablaba. Pero hasta aquí podría durar el silencio.

Los dineros no se tienen *pa* unas cosas, pero se buscan y se juntan *pa* otras. Con el dinero pasa, casi, casi como con el tiempo: que nace de la necesidad y, cuando no hay, no hay; y lo arrambla *to* a su paso.

Mi miedo a la pobreza y mi educación de «*pa* por si acaso» engordaba la alcancía, pero ya muy lentamente. No porque la niña se llevara *munchos* gastos, sino porque *ende* hacía unos meses el Gobierno estaba reclamando lo que es del César. La cuota de autónomo subía y la caja, al final del día, ya no era lo que era. Sabíamos que pasaría, pero yo no me lo esperaba tan pronto.

Me daban ganas de echarlo *to* por alto. De agarrar el petate y, lo mismo que había *ocupao* la casa, irme a ocupar las tierras calizas *onde* me crié. ¿Cómo iba a ser eso *asín*? ¿Refugiarme allí de *onde* huí por dos veces? ¿Volver como vuelven los animales cuya lealtad tanto se admira?

Nunca supe exactamente a qué dios le rezaba mi *agüela*, porque se acercaba a misa los domingos, guardaba la Cuaresma, pero su rosario no tenía cruz y las imágenes de las vírgenes siempre estaban cubiertas, aunque fuera de flores y ofrendas. Le pregunté de chica que *pa* qué rezaba tanto. Me dijo que rezaba por todos nosotros, hembras y machos; por nuestra *salú*, por nuestro sustento y para librarnos de la droga. Este recuerdo asaltó mi memoria y me llevó a considerar que, si mi *agüela* no acudía, era porque sus tres deseos estaban *cumplíos*.

Me tiré toda la tarde planchando, posponiendo la recaída, mientras mi niña jugaba a jugar. Dijo el profeta Muhammad que, para dominar el enfado, redujéramos el ritmo e hiciéramos la ¿ablución? Me figuro que quería decir que se pospusiera la toma de decisiones y se entregara una a las tareas que la alejan de la *enrritación*.

Esa noche cenamos uvas, pan y queso para no seguir echando palitos a la candela. ¿Alguna vez te ha *pasao* que cuanto más agobio sientes más obligaciones te echas? Pues *nanai*.

XLV

Mi queridísima hermana:

Ojalá supiera *aonde* mandar esta carta.

Tu voz me llevó a la casa de mamá. Al cuarto que compartíamos. Me trajo tu imagen cantando frente al espejo por Paulina Rubio con tu pelo largo *trenzao ende* la raíz. Yo me creía que te gustaba esa cantante porque su apellido era como tu melena. Luego llegó Chambao, Bebe, Los Delinqüentes y más tarde las *barraqueras* y el llanto fijo. ¿Qué pasó? ¿Tú sabes que yo me he *criao* pensando que tu pena era por falta mía?

¿Te acuerdas del cuarto del corral? Luego tu hermano se hizo el dueño de aquello, pero cuando era el cuarto de labores... Un día te encontré allí *arramblá* por el desconsuelo y mamá a tu *lao desesperá*, sin saber *pa* dónde tirar; se resignaba diciendo que *asín* es la vida.

Hacía tiempo que no me acordaba de eso; *namás* que *ende* que me llamaste no me lo saco de la *jeró*. A fuerza de repasarlo, a contrapelo, una y otra vez, he *hallao* otras respuestas; otros aterradores supuestos propios en la vida de una amapola que nace en la cuneta de la *cañá* real.

Pasara lo que pasara, quien tiene que desterrarse en amargura, culpa y *lache* es quien hizo lo que fuera. No sé si atino en mis suposiciones, es que lo estoy pensando *to*. Yo no sé qué te pasó *pa* que dejaras de cantar frente al espejo, pero te juro, por las flores del camposanto, que no te pasó por ser tú, sino por ser niña, *rapagona*, mozuela y mujer.

207

Me pregunto si te habrás *arrimao* al movimiento que procura que el *regomello* cambie de bando. Sea como sea, si no te es bastante, dime que te encargas de la niña y yo cambio mi *libertá* por la justicia; y que *pa* que llore tu *mama*, que llore la suya.

XLVI

La familia socorre, claro que sí. En la medida de sus posibilidades y al alcance de sus medios acaba acudiendo. Desgracias, géneros y vicios aparte, la familia es un olmo.

Cuando en la *ciudá* nos juntábamos con el propósito firme de construir una familia elegida, la cosa siempre salía regulera. ¿Qué pasaba? No era solo que antepusiéramos las relaciones de pareja a todas las demás, sino que estábamos todas en el mismo punto; nos parecíamos *demasiao*. Éramos como renuevos *brotaos* de la tierra en un bosque sin árboles viejos que dieran sombra. Me explico: teníamos todas la misma edad con las dudas y las certezas propias de nuestro tiempo. Un poner: dos criaturas de quince años no juntan la experiencia ni los recursos de una de treinta.

La familia de sangre, por su propia naturaleza, está integrada por personas que van en diferentes alturas del camino, *asín* que el conjunto ofrece ritmos y necesidades variadas. Con veinte años todas queremos comernos el mundo, mientras que con sesenta queremos hacer la digestión. ¿Quién, honrada la vitalidad de la juventud, ayuna mientras las otras hacemos el banquete?

Hasta que no se revitalicen las relaciones intergeneracionales, será difícil recuperar las formas de organización social que nos permitan huir del combo parejita —con churumbeles o perros— enjaulada en un piso de tres dormitorios.

De mientras, siempre quedará el bosque consanguíneo. Ahora bien, teniendo muy presente que el olmo ofrece una sombra fresca y acogedora, pero que desquicia a quien le pida peras.

XLVII

Pasao mañana es el Eid al-Fitr. La celebración de después del Ramadán. Si yo presento un papel, la niña tiene derecho de no ir al cole, y el cole la obligación de no poner ni exámenes ni actividades vinculantes durante estos tres días. Estaría guapo que *to* el *alumnao* musulmán presentara el papelito. La madre de la amiga de mi niña asegura que por un día que falte la niña al cole no pasa *ná*. En el fondo sabe que *pa* ser cuidadora de familia propia o ajena no hace falta tener título de ningún gobierno; y yo sé que para aspirar a ser presidenta del mismo hace falta crecer en un entorno que crea que es posible.

Cuando he *ío* a presentar el papel a la directora del centro (he *pedío* entregarlo personalmente), me ha *asegurao* que, en lo que a mi niña respecta, no importa que falte un día. «Diferente es el caso de otros niños», dice, y adopta un tono de complicidad y cercanía *pa* que yo entienda qué «otros niños» son. Sé las familias a las que quiere referir: aquellas que se llaman Karima y no Carmen.

Mientras preparamos el petate *pa* irnos al pueblo, mi niña me pregunta si nos vamos a quedar allí. «¿Quieres que nos quedemos?», le pregunto, y me responde que le gusta estar con la familia.